NESSUNO SA DI NOI

Simona Sparaco

誰も知らない わたしたちのこと

シモーナ・スパラコ

泉 典子＝訳／室月 淳＝解説

紀伊國屋書店

Simona Sparaco

NESSUNO SA DI NOI

わたしの師のなかでもっとも小さくもっとも大きい
わたしの息子へ

目次

ブックデザイン　鈴木成一デザイン室

みんなここにいる。

おのおのが多かれ少なかれ目立つ自分のトロフィーを宿し、カルテを腋《わき》の下にはさんで。まるで学校で校長先生の点呼を待つように、みんなきちんと椅子に座っている。ある人はすんなりパスすることがわかっているかのように、満足げな表情を浮かべて雑誌をめくりながら。しかしある人は手を神経質にからみあわせて、顔を上げようともしない。まるでそこのパステルカラーのドアの向こうで、胎児の排出を本当に宣告されるかのようだ。

わたしたちはみんな母親で、超音波検査を待っている。

彼女たちのひとりが、何カ月なのかと訊いてくる。わたしが気のない返事をすると、ロレンツォがわたしを蹴る。わたしがもうひとりではないこと、これからは彼のためにも人づきあいをよくしなければならないことを、思いださせようとしているみたいだ。この待合室のなかだけでも、将来遊び友達になりそうな仲間が七人はいるかもしれないのだから。彼は足の先をわたしの胸骨の下に押しつけたまま、じっとして動かない。わたしは彼がしかめ面をしながら、わたしが強情を張るときと同じくらい粘っているのだろうと想像する。とにかく二十九週と二日のあいだ、してきたことはただひとつ、想像に励むことだけなのだ。

ピエトロはわたしの横に座っている。彼は毎回グリーンとブルーのチェックのセーターを着てくる。卒業の日に着たセーターで、毛玉や糸くずみたいなものが至るところからぶら下がっている。それはおまじないみたいなものだと彼は言う。彼はそれまでに撮った超音波検査の画像を、後頸《こうけい》部《ぶ》透亮像《とうりょうぞう》（訳注＝妊娠初期の胎児のうなじ部分に見える厚み。ふつうよりも厚くなると染色体異常、特にダウン症候群のリスクが増加する）からいろいろな部位の形態まで、じっくりと眺めている。影が作りだす複雑な模様のなかに、自分の鼻やわたしの口、無声映画から出てきたような母親の目のかたち、もとパルチザンで笑顔がじつに凛としているわたしの祖父の面影などを探しているのだろうか。わたしのほうはといえば、つい先日選んだ新しい子ども部屋の壁の色について考えをめぐらしていた。結局のところ、わたしがフランスのカタログに初めて見つけてとても気に入った、グレーをぼかしたような青色にはならなかった。壁は乾いてみると色が変わって、五十年代のテクニカラー映画のような青になってしまった。思いもよらないことの一瞬前に考えることって、どうしてこんなに無意味なことばかりなのだろう。

わたしの番が来た。診察室から若い女性が出てきた。彼女はひとりで、おなかのふくらみはやっと目につく程度だ。まなざしはためらいがちだけれど、もう安心という気持ちが表れていた。先生が入口に顔を出して、わたしに入るようにと合図をする。

「どうぞ」

わたしは立ち上がって後を追う。ピエトロが黙ってついてくる。ふたりとも待ちきれない思いをあいまいな笑顔に浮かべて挨拶をする。

「ルーチェ、具合はいかが？」先生が後ろ手にドアを閉めながら尋ねる。

「大きな孵卵器《ふらんき》になった気分です」わたしはすねて鼻を鳴らすみたいにして言った。

「あなたのコラムを見つけてから、あの週刊誌を予約してるのよ」

わたしはありきたりの文句でさりげなく礼を言った。それからすぐに診察台のそばに行った。早く服をまくり上げてまた彼に会いたかった。

ピエトロはそれまでの検査のレポートが入っているプラスティックのファイルを開いたけれど、先生はそれはいらないと手で遮った。初めての子だから、わたしたちは緊張していた。

「順調ですね」先生は巨大な卵のように丸いわたしのおなかを注意深く観察しながら言った。「大きくなりましたね」

わたしはもう横になって、衣服を胸まで巻き上げていた。そしてメタドンを目の前にした禁欲中の麻薬中毒患者みたいに、数センチ先にある超音波プローブ（訳注＝超音波送受信器。当てた部分の深部が画像化される）に目をこらしていた。ピエトロがわたしの手を強く握った。先生はわたしたちにほほえんだ。大丈夫、順調よ。モニターのスイッチを入れて、冷たい透明なゼリーを細くにょろにょろと、わたしのぱんと張った皮膚の上に絞りだすときにも、先生は笑顔を浮かべていた。「クリスマスの前は、みんな大急ぎなのよね」先生は小さい声で陽気に言った。「まるでみんなで示しあわせて同じ日に予約を入れてるみたいだわ」先生はそう言いながら、プローブでゼリーを大きくならせん状に伸ばし、おへその下を注意深く押していた。しまいにロレンツォの頭がモニターに現れたとき、先生の笑顔が消えた。ふいに、頬が口の両端に、しわの寄ったしまりのないふたつの袋のように垂れた。眉毛のあいだに驚愕を表す深いしわが刻まれた。

モニターの画面では息子が、遊園地のゆがんだ鏡が映しだす姿のように行きつ戻りつしている。先生は狙った部位のところで映像の動きを止め、正確な数値をつかもうと、超音波診断装置のキーボードを打っている。ロレンツォがわたしたちふたりの頭の上に、白黒になってまた現れた。直線が彼の上をこっちからあっちへと横切る。そこまで来るとわたしはどきどきした。影絵のような映像のなかに、煩わしいからか隠そうとしてか、彼が両手で覆っている顔を、見分けることができたからだ。かわいい頭蓋《ずがい》の上に、頭囲を測るための円が縁どりのように現れたとき、わたしは先生の目を覗き込み、瞼《まぶた》のどんなに些細な動きのなかにも、兆しというか、何かのしるしになるものを読みとろうとした。

先生は助手のほうを向いて、何かの数値のことを話していた。その意味はわたしにはわからなかったけれど、何かが変わろうとしていることは理解できた。今から。これからずっと。

「短いのよ」先生は大腿骨《だいたいこつ》のことを何度もはっきり口にした。

わたしは不安になったときにいつもそうするように、髪の毛を引っ張り始めた。小さな束に丸めて指のあいだにはさむ。目はロレンツォの小さな足に張りつけたまま。足がそんなに鮮明に見えたのはそのときが初めてだった。その小さな足は指の一本一本を含めて驚くほど完璧で、新生児の足そのものだった。違うのは彼がまだわたしのなかにいるということだけだ。心臓が耳やおなかや骨のなかで爆音を上げている。もうその心臓がわたしのだか彼のだかもわからない。爆音は至るところに響いている。頭は混乱して、まるで霧のなかにいるみたいだ。先生はプローブを八方に動かしている。ピエトロは何も言わずにわたしの手を握っている。

線と円はまだわたしたちの息子の映像の上を忙しく動いている。まるでいたずら書きみたいに見えるけれど、きっぱりした幾何学的な正確さを保っている。先生は息子の足、腕、頭の上で超音波の動きを止め、それから最後にいちばん気がかりらしい胸部で動きを止めながら、何回も測っている。わたしには落ち着くようにと言うけれど、助手にはわたしの婦人科医に電話をするようにと指図する。「ジーリにすぐ来るように言ってください」それからプローブをはずしながらため息をついた。まるでガラスが落下して床に砕けるようなため息だった。それから先生は服を着るようにとわたしに言った。

わたしは身体がこわばり、手も髪の毛をつかんだまま震えていた。吸収紙で腹部のゼリーを拭いたけれど、服を着てもまだ冷たく湿っているような感じがした。

「水を飲みますか」

「いえ、何が起こったのか知りたいです」

「こっちへ来て腰かけて」

先生は診察台から降りるわたしに手を貸して、机の前の椅子に腰かけさせた。わたしは身体がふらつき、ヨードランプの人工的な光がちらちらして、目をあけているのもつらかった。なすすべもなくピエトロのまなざしを求め、彼の目が羅針盤のようにしっかりとわたしを受け止めていてくれることを願った。それなのに彼のまなざしはうつろに沈み、すでに真っ黒になっているモニターの画面から離れなかった。

わたしが閃光《せんこう》に襲われたのは、憂慮するべき成長の遅れや、五パーセンタイルなどという意味不明なことを、先生が話している最中だった。小さな白い閃光がしばらくのあいだ、わたしのなかの何もかもを消し去った。

「二十週目から今まで、赤ちゃんは思うような発育をしていないのです。気がかりな異常があるので、骨格異形成の一種かもしれません。でもはっきりしたことはわかりません」

「なぜ今まで何もわからなかったんですか。これからどうしたらいいんでしょう。どんな治療法があるんですか」

ピエトロの声が近くのどこかから聞こえていた。不安でいっぱいなのにかすれてゆがんだような、救いを求める声だった。わたしは部屋のなかで、この世界で、ひとりぼっちになったような気がした。幼いころかくれんぼをしていたとき、数を数え終えて仲間を見つけようとしても、ひとりも見つからなかったときのような。

わたしは涙が音もなく頬をぬらすに任せながら、唐突に会話を遮った。「わたしが何かよくないことをしたんでしょうか」わたしは見るともなくふたりを凝視した。それから言ってしまった。あらゆる母親が嫌い恐れる問いが、服の湿った縁を堅くつかんだわたしの口から、一息に飛びだした。「わたしのせいなのでしょうか」

第一部

来たれよ、我らは町と塔を築き、塔の頂上を天に届かせよう
そして我らは名を上げよう、地上の至るところに散らばらぬように……
しかし主は言われた、
「……それでは我らは下って彼らの言葉を混乱させよう
おたがいの言葉がもはや通じなくなるように……」。

（創世記第十一章四節―七節）

6月2日・16巻705号

ルーチェ様

あなたのコラムはいつも読んでいます。一週間に一夜、眠りにつく前のわたしの相手をしてくれるので、その夜はよく眠れます。読者への辛口の返事や助言、人生問題についてあなたが述べる考え方がわたしは好きです。最近の複数のインタビューには、あなたならではの視点がよく出ていました。あなたはぜひ会ってみたいお友達です。

わたしは五十六歳で、未婚で子どももありません。看護師をしていて、一日が終わるころには疲れきっているので、野菜スープを作るために水を張ったお鍋にブイヨンを入れるのも一苦労といったありさまです。わたしが毎日毎日、何十人というまったく知らない人のためにしているように、夜になると、誰かがわたしの手助けをしてくれればいいのにと思うことがよくあります。でも誤解しないでね、ルーチェ。わたしの孤独は後悔や諦めの詰まった憂鬱な孤独ではありません。わたしは自分が選んだところへたどり着いたわけで、長いこと探し求めたのに、少なくともわたしの周囲では、わたしが口に出さないこともわかってくれそうな人に出会うことが一度もなかったのだと理解しています。わたしがほしいのは夫でも子どもでもなく、そういうものはわたしの年齢ではもう想像さえできません。わたしがほしいのは、退屈を追い払ってくれて、わたしの人生をおもしろいことで満たしてくれるような、真の友達だけなのです。

幸いなことに、わたしにはあなたの雑誌のような読み物や小説や映画があるし、退屈な本のページを毎日めくるみたいではあるけれど、思いがけなく感謝されることもある、病院での生活があります。三十年もこの仕事をしてきたわたしが、人間についてどう考えているか、知りたいですか。よく聞いて、ルーチェ、病院のなかにいる病人より、外にいる病人のほうが多いのです。わたしたちはみんないつでも手助けを求めています。わたしたちを救ってくれるなら、動転しそうな手助けでも、死にそうな手助けでもいいのです。わたしたちを回復させるか、あるいはさらに前進させてくれるような手助けです。たとえ窮地を抜けだしても、誰もがまたいつかは、手助けを求めるようになるのです。

それを見つけた気になるには、週に一度の夜では足りないのです。

感謝を込めて。

アグネス55

ロレンツォがやってきたのは六月のある朝、むなしい努力を五年間も続けた末に、もう待つのはやめようとピエトロが心を決めたころだった。

わたしは切実な必要に迫られて無理やり眠りを奪われ、引っぱがされるようにして目を覚ました。現実に戻るまでの一秒かそこらのあいだ、自分の名前も忘れていた。もう三十五歳ではなくなって、わたしの人生はまだ白紙だった。コンピューターに入力すべき記事もなかったし、返事をするべきコラムの読者もいなかった。罰金や税金の徴収票が玄関に山になっていたり、買い物のリストやクリーニング屋に出すものがあったり、水と洗剤が縁まであふれているお鍋がキッチンの流しにあったりもしなかった。縮れすぎたわたしの髪も、いつだって腫《は》れぼったい目もなかった。そのごく短い無意識のひととき、わたしは誰の娘でもなかった。

それから、わたしはナイトテーブルのほうに向きを変えた。

デジタルアラームのすぐ横にわたしが目にした最初のものは、排卵検査スティックだった。昨夜それをそこに置いたまま忘れていたのだ。目にしたとたんに、猛烈な一発を顔面に食らった気分になった。自分が誰でどこにいるのかを瞬時に思いだした。

そこがわたしの部屋なのはたしかだったけど、一月のうちでもっとも妊娠しやすい時期であることもたしかだった。


わたしは部屋のなかをくまなく探って、緊急に必要なあれを手に入れようとした。乱れたベッド、乳香色の壁、衣類が散らかった長椅子、引きだしの上やテレビ台の上にうずたかく積み重なった本などにすばやく視線を走らせた後、そんないろんながらくたのあいだに目当てのものを見つけだした。彼は立ったまま、箪笥《たんす》の鏡に向かってネクタイと格闘していた。

彼の唇は引きつってゆがみ、明るい栗色の髪が額に垂れかかっていた。わたしは、ふたつの感情がからみあった目で彼を見つめた。内心の優しさと、梃子《てこ》でも動かない頑固な仲間意識がまじりあったまなざしで。

それから目をこすって羽根蒲団を持ち上げると、部屋の冷気に身震いした。わたしはもうその気になっていた。早朝のセックスはけっして好きではなかったけれど、ピエトロのほうに身体を伸ばして、ジャケットをつかんでシーツのあいだに引き込もうとした。

「飛行機が出ちゃうじゃないか」彼はそう言って気弱な抵抗を試みながら、一瞬敷きもの《モケット》の上でよろけた。

「急いでやれば間に合うわ」わたしはそう言って彼を励ましながらも、断固とした動作で寝床の中央に彼を引き寄せた。

「服に気をつけてくれよ……」

彼は引っ張られながら、ベッドの縁に触れる前にいつもの癖で一瞬後ろを振り返り、それからわたしの上にかぶさった。わたしは彼を自分のほうに引き寄せながら、唇で彼を求めた。わたしたちのキスは抵抗力を試すゲームになっていた。わたしは唇で彼の唇に活を入れて無気力から脱出させ、情熱よりも思いやりで応えさせようとした。彼が何を考えているかはわかっていた。ふたりとも一本のスティックの捕囚になっていたのだ。わたしたちのオルガスムスを管理して性生活を取り仕切るのは、白と紫のプラスティックでできたその細長の小さなものだった。わたしはそうではないと言いたかったけれど、でも彼が言うことは本当だった。わたしがそんなことをするのはスティックのためだった。スティックがなかったらわたしは毛布にくるまって眠っていたことだろう。しかしわたしの目覚まし時計は、まだ鳴りやむわけにはいかなかった。

彼がわたしのなかに入って身体を動かし始めるとすぐに、彼の視線をわたしの目からはずすまいとした。しかしピエトロの視線はすでにほかのところに移っていた。ふたたび浴びることになったシャワー、着替えなければならないしわくちゃな服、彼を乗せずに出発するはずの飛行機に……。

わたしたちがこうなるだろうとは誰も思わなかったことだろう。フリーランスのジャーナリストと企業家の息子。ふたりを出会わせたのはわたしの仕事で、六年経った今もまだ、わたしたちは一緒にいる。それはわたしの上役のおかげなのだ。彼は由緒ある家柄の子息にインタビューする仕事をわたしに向けたが、その記事の半分を、編集方針に合わないと言って反故《ほご》にしてしまった。わたしたちがたびたび会うようになったのは、ピエトロから編集部に電話があった後だった。彼はわたしを夕食に誘い、インタビューのもとの原稿を読みたいと言った。わたしは鬱憤《うっぷん》晴らしに、彼の求めに応じた。赤ワイン《カベルネ》のグラスを前にしながら原稿を読み、いちばん気に障りそうな部分はわざと強調するようにした。わたしには闘いを挑みたいような気分があった。こんな始まり方もあるものなのだ。研ぎ澄ました刃を歯のあいだにくわえながら、それを引き抜いてほしい、後に半開きの唇を残してほしいと願うような。

　わたしたちはたちまちおたがいが好きになったけれど、それにはふたりとも驚かなかった。ふたりは触れあう両端だった。ピエトロは意志的で実際的で、見かけによらず子どもっぽいほど正直で、夢想家で楽天家だった。彼を考えるとき、こんな形容詞群は論理的で申し分のない輪を作る。ところがわたし自身を考える段になったとたんに、一貫性のなさに驚いてしまう。なんとも定義のしようがないのだ。ふらふらしていていつ氾濫《はんらん》するかわからず、無数の流れに散らばってしまう不安定な川のようだ。あるいはまた天然の磁石のようでもあって、地滑りを起こしたり、地中からの小さな振動を起こしたり、呑み込まれそうな渦巻きを起こしたりする。しかしピエトロが初めて、そんなわたしを変えてくれた。彼が初めて堤防を築いて、わたしの行く手にひとつの方向を示してくれた。彼が初めてわたしに安定感を与え、鋳型を与えてくれたから、わたしはそのなかにひとつのかたちを見出すことができた。

数分もすると、わたしはベッドの上で逆さになって足を持ちあげ、インターネットのどこかのフォーラムで覚えたように、足を枕もとの板に乗せて生命への通り道を均《なら》そうとした。ピエトロは夢のなかをさまよっている人のような表情をして、ベッドの縁からそんなわたしを眺めていた。わたしはいつものように、猫っかぶりの作り笑いを彼に向けたけれど、反応はなかった。彼は当惑をため息のなかに閉じ込めると、バスルームのほうへ行ってしまった。

わたしにはやることがあったから、そんなことを気にしている暇はなかった。愛想よく受け入れるのよ、とわたしは、わたしの卵子を心のなかで励ました。生命に力を与えようとした。

バスルームからは、シャワーの水しぶきの音がしていた。わたしはピエトロの裸体が水を浴びているところを想像し、水が発泡性のアスピリンのように溶けて泡だらけの流れになり、排水路を伝っていくところを思い描いた。それからふいに、自分が無防備な裸のままでいることに気がついた。すでに何かが核の表面にかすかな傷をつけ、その中心部と溶けあおうとしていた。

わたしは自分に誓っていた、それを最後の試みにして、明日からはふたりともふだんの日々に戻るのだと。

そのときがまさに——今だからわかるけれど——息子を受胎した瞬間だったのだ。

神と話したことはあまりなかった。神にいつも何かを求めていたのはたしかだ。でも求めたものが説明にせよ恩恵にせよ、どんな口調で言ったらいいのかも、神がどんな服装をしていると思えばいいのかも、まったくわからなかった。なんの話をしたときも、まるで独り言でも言っているようで、いつもちょっと滑稽《こっけい》な感じがした。でも妊娠検査の結果を聞きに行く日には、それについて長いこと話し、こんなことを神に言った。「いいわ、もし今回も妊娠していないことがわかっても、もう悪態なんかつかないで平静を保ってることを誓います。もしかしたらピエトロを説き伏せて、養子願いを出すかもしれない。あなたはそうしてほしいんでしょ？　それとも、わたしの道を決めてくれるのは自然じゃなくて科学なんだって、本気で考えるほうがいいと思ってる？これについてなら、わたしにはわたしの考え方がいつもあるってこと、あなたも知ってますよね。でもわたしは、いつも失望ばかりしてるわたしを見てるより、外国で試してみようって、いつもピエトロに言われることにうんざりしてるのよ。わたしが子どもがほしいのは事実です。それは本能だってあなたは言うかもしれないけど、本能はあなたが作ったのよね。わたしは愛したいって思うわけ、その人を見ながら、これはわたしの創造物なんだって思える人を。ちょっとあなたみたいに感じてみたいわけです」

その日は救急病棟の看護師である赤い縮れ毛の中年の女性が、どこ吹く風といった顔をして検査結果をわたしにくれた。わたしはもう神にそれ以上何かを言う気力もなかったから、血液中のベータhCG（訳注＝ヒト絨毛性性腺刺激ホルモン。妊娠によって初めて分泌されるホルモンで、これにより妊娠検査薬が陽性となる）の量を急いで読んだ。右側の列に書いてある数値がよくわからなかったから、「ここには八〇とだけ書いてあるけど、どういう意味ですか?」と訊いてみた。

「どういう意味だと思う?」とその女性は、ガムをくちゃくちゃかみながら返事をした。

わたしは病院の外の庭を、部屋着を着た患者や青いシャツを着た医者や疲れたような患者の身内にまじって、長いこと歩いていた。花壇に沿って歩を運びながら、細い草の肌に染みる湿気を感じるために、靴を脱いでしまいたいと思ったことを覚えている。気分は花壇の縁に生えているハアザミのように軽やかで、わたしも黒っぽい艶《つや》やかな葉っぱのあいだにぶら下がっているような心地だった。そうやって柵のところまで来ると、宣伝用のポスターや歩道に止めてある車を数えたりした。いつもと変わりない午後の風景を眺めながら、まったく新しい世界と向きあっているような気がしていた。

それから、ほほえみをひとつもらした後駐車場に着き、車に乗ってエンジンをかけた。

わたしが街なかの車の流れに乗っているあいだに昼間の明るさは弱まり、車のヘッドライトや街灯や、まもなくシャッターが降りるショーウィンドウの明かりと入れ替わっていった。商店の数は、樹木の繁った大通りに沿って点在する小公園のように、少なくなっていた。そのとき入り込んだその界隈は、わたしが住む区域のようではなかった。そこは住宅街ではなくて、中傷やみだらな文句が落書きされたコンクリートの建物が密集したところだった。ひしめく安っぽい共同住宅のみすぼらしいバルコニーは、広げた洗濯物やばかでかいパラボラアンテナで隙間もないようなありさまだった。しかしそこは界隈というより、ひとつの記憶であり、開いた傷口だった。心のなかに口をあけた淵だった。

そこに、わたしの祖母が住んでいた。

そこには幼いころから母と一緒に毎週来ていた。母はわたしをオレンジ色の看板のある、カウンターにいるリアおばさんがドロップをたくさんくれるバールのあたりを、うろつくままに放っておいた。雨が降ったり寒かったりするときには、家にこもってテレビのアニメを見ていた。そこへ行くのは何か意味があってのことではなかった。母の仕事が二時で終わり、午後は暇だったから、週に少なくとも三回はわたしを床から持ちあげて、茶色のルノーに押し込んだ。わたしの具合がよいか悪いかなど、まったく気にしなかった。祖母のイオランダにまるで郵便小包のようにわたしを預け、夜になってから迎えに来た。わたしはそばにいたためしのない母親に、死ぬほどの寂しさを抱いていたのを覚えている。そばを通るどんな女性にも母を探し、女の人のらしい声が耳をかすめれば後を追い、公園にあるシナノキの見るからに太い幹を抱きかかえては母を抱きしめているつもりになった。わたしは置き去りにされていることを、途方もなく不当なことのように苦しんだ。父が死んで、わたしたちがそこへ移り、三人がひとつ屋根の下に暮らすようになってからも、状況は変わらなかった。母は朝の七時に家を出て、二時に戻り、タバコを一本吸い、着替えをし、また家を出た。何年もそれは変わらず、母がそんなことをやめたのは、わたしが中学一年生になったときだった。けれどもわたしはすでに心を病んでいた。毎日決まった大急ぎのバイバイと、わたしの内部に巣くった罪の意識や恐怖感から、癒えることはもはやできなくなっていた。これまでのあいだずっとわたしは、どこかに忘れ去られたような気持ちを持ち続けてきた。それはこの世でのわたしのありかたそのものになっていた。そのとき以来わたしは、置き去りにされた、迷子になった人で、学校を卒業することも、恋人を持つことも、それなりの仕事を見つけることも、結婚することもできない人になっていた。そして子どもを作ることも。

玄関をあけたのは東洋人だった。小男で、朝鮮風の襟のついた砂色のシャツに収まっていた。彼はわたしが当然ついてくるものと思って、ひとことも言わずに向きを変え、小股で歩きながら廊下の向こうに消えた。祖母の家は傷ついた足にからんだ罠のようにわたしをたちまち圧迫した。家具は虫に食われて塗料が剝《は》がれ、砂岩のタイルはあちこちがひび割れ、壁には夜中の雷のような細かい亀裂が入っていた。それを見るとわたしはいつでも胸が悪くなった。

母は部屋のベッドにうつ伏せになっていた。光沢のある青いつなぎの不恰好なズボンを穿《は》き、白い木綿のブラジャーをつけていた。身体じゅうに無数の小さな針が刺さっていて、消えた短いろうそくがたくさん刺さったジェラートケーキが溶けようとしているみたいだった。下には花柄のシーツが敷かれていた。母の横に年齢不詳のアジアの男が立っていて、アルコールと脱脂綿を忙しく操りながら、ナイトテーブルの上に置かれた小ぶりの盆のなかをかきまわしていた。

「この人はユー」母は目と頭を後ろにまわして、わたしの視線を盗み見ながらそう言った。「腕の立つ鍼灸師《しんきゅうし》なの」

アジアの男はそんな紹介にはうわの空で、母に何本目かの針を刺し、小指で触れて振動させた。わたしはため息をついた。それはほどほどの驚きだった。母はそれまでに、過去とつながる友人や知人をことごとく遠ざけていた。まだ保っているのは父の身内との関係だけで、それも、宗教上の祝祭日や、聖体拝領式、堅信式、あったとしたら結婚式といった、わたしにまつわる特別な機会などにかぎられていた。母は孤独な暮らしに自分から逃げ込んだのだが、それは認めたくないほど彼女の肩にのしかかった。自分のまわりに築いた要塞《ようさい》に、ときたま思いがけない割れ目ができて、そこから奇想天外な人物が入り込んだ。しかし彼らはあまりにも突飛な人物だったから、母には脅威にもならなかった。なぜって彼らがそばにいても、背後に残してきた、将来への切実な思いなど、感じることもなかっただろうから。彼らは闇を照らす狐火《きつねび》で、現れたときと変わらずすばやく消えていった。母のためにコーヒーかすで占いをしたルーマニアの女もそうだったし、処方箋のやりとりをしたウクライナの介護人も、買った品物を届けながら、オーディション番組の応募者たちの品定めに母とふたりで夢中になった、食料品屋の季節雇いの少年もそうだった。

「すてきだと思わない？」と母は続けた。「四階に住んでいて、あたしの身体に活を入れてくれるの。この人はどんな問題でも解決しちゃうのよ、うれしいことに。背中の痛みも不妊症もね！」

彼は、母が裕福なピエトロと病弱な祖母イオランダという二枚のカードを利用して毎月わたしに要求するお金が、何に消えていたのかという問題も解決してくれた。

「まだ時間がかかるんですか」

「五分で終わり」アジアの男は快活だが有無を言わさない、威厳のある低い声で答えた。

「じゃあおばあさんに挨拶してくるから。後でね」わたしはそう言ったが、どちらからも返事は返ってこなかった。

思ったとおり、母が愚痴をこぼす声が、通路を追いかけるように聞こえてきた。「あの子は娘のルーチェ。いつか話した子よ。結婚もしてないし子どももいないの。あの子のために無料奉仕してくれないかしら」

「それは無理ですよ」と鍼の名人がきっぱり言うのを聞いて、通路に目をやり祖母の部屋に入りながら、わたしは心のなかで彼に感謝した。


部屋は、そこの住まい全体がそうであるように、狭いうえに小物でいっぱいで、薄暗がりのなかにナフタリンと消毒薬のにおいが充満していた。そんなよどんだ空気のなかで、ベッドの傍らの車椅子にうずくまる祖母の姿が、幽霊のように浮き上がった。

祖母は若い日の摩《す》りきれたなごりである、手縫いの刺繍の入った黄ばんだネグリジェを着ていた。薄い白髪はほどけたままで、溺れた人の水で洗われた髪の毛のように、頭のまわりにへばりついていた。入れ歯はもう何カ月もつけていなかったから、口はカニみたいに引き締まったまま引っ込んでいた。むくんで節だらけになった足は、半日世話をしてくれる看護師のラケーレに助けられてか、縫い目の目立つピンクと青の滑稽なスリッパのなかに収まっていた。部屋の薄明かりのなかで祖母はときおり、老人の身体に詰め込まれた幼女か少女のように見えた。

「おばあちゃん」わたしは額をなでながら祖母に声をかけた。彼女の肌は羊皮紙のように乾いてしわが寄っていた。「おばあちゃん、あたしがわかる？」

祖母はちょっと間をおいてから、誰かを初めて見るような目でわたしを見た。ゆっくりすぎるほどの動作で瞬《まばた》きをしたけれど、それは全力を動員して初めて叶《かな》ったように弱々しかった。

「ママ」祖母は疲れきったようなか細い声でゆっくりと返事をした。わたしから目を離さずに、「ママ」ともう一度言った。

わたしは祖母の言葉を遮ろうとして言った。「おばあちゃん、ここにいるのはあたし、あたしよ、ルーチェよ」

けれども祖母は赤らんで硬くなった歯茎を見せて微笑しながら、「ママ……ママ……」と繰り返した。

そこへ母が、わたしの母が入ってきた。光沢のある青いつなぎに身を包んで、くしゃくしゃな髪をして、彼女の好きなどぎつい色の化粧をして。

「あらまあ、また始まったのね。あんたおばあちゃんになんて言ったの？」

「挨拶したのよ……」

「……ママ」

「落ち着いてたのに、余計なことしてくれたね！」母は肘かけ椅子のそばに行きながら小言を言った。祖母の腕を自分の肩に乗せて、母はまるでそれが約束ででもあるかのように、「やんだわ」と言い放った。「ここに来たんなら、せめて手伝いぐらいはしてほしいよ」

母の言うとおりだった。祖母はぶつぶつ言うのをたちまちやめた。椅子からベッドに移されたら、魔法が解けたみたいだった。祖母はマジョリカ焼きのタイルの床を這うカテーテルをつけた、ぼろ布人形のようだった。

母は祖母をベッドに収めてしまうと、整理箪笥の鏡のほうへ行って髪を整え始めた。金髪を逆立てたラフィア（訳注＝シュロの葉の繊維）のように密な髪を。母は汗をかいていた。香水の鼻をつくにおいがよどんだ空気のなかに充満し、わたしは息が詰まりそうだった。母は歯についた口紅の跡を一本の指でぬぐった。それから祖母が落ち着いていることを改めて確かめると、素っ気ないほどさらりとわたしに訊いた。「こんな時間にどうして来たの？　なんか大変なことでもあるの？」

わたしも母に負けないほど嫌みな口調で返事をした。「妊娠したの」

母の満足の仕方は、ぬめぬめしすぎて何度も手をすり抜けてしまう魚を思わせた。その日もいつもと同じで、満足はほんの一瞬しか続かなかった。それはあまりに不明瞭で捉えることもできないほどの、つかの間の言葉に表れただけで、たちまち不機嫌なもの言いに入れ替わった。

「じゃあ少なくとも結婚はしてるわけ？」

12月15日・16巻733号

こんにちはルーチェ

あなたの父親であってもおかしくない年齢の男があなたに助言をお願いするのは、奇妙に思われるかもしれません。じつを言えば、自分でもちょっと驚いているのです。

あなたに手紙を書くのは、ほかでもないわたしの娘、あなたに似ている娘のためなのです。名前はクリスティアーナといいますが、彼女は、わたしがいつもひとりで家に閉じこもって、わたしのような年金生活者なら喜んで無視するのが当然のあれこれに毎日首を突っ込んでいることに、我慢ができないのです。そこで半年前に、向かいの家の婦人で愛想のいい気さくな人を電話口に出したのです。その人はわたしの孤独を埋めるために、だと思うのですが、毎日電話をよこすようになり、一度も会ったことがないのに、写真を送りあって親しくなりました。それもこれももとはと言えば、ふたりを仲良くさせて新たな人生設計に早く取りかからせたいという娘の願望と期待があったからです。

それからつい先月に娘の家で彼女に会いました。娘は電車の切符を買ってくれて、出てくるようにとわたしを口説きました。そんなことは、大学の授業を受けるためにミラノに移って以来、一度もないことでした。わたしは娘の家でその女性に、その想像上の愛人に会ったのです。そして考えました。この人は送ってきた写真にそっくりだ、声も受話器で聞く快い声そのままだ、おまけに思っていた以上に愛らしい、けれどもどこかに、どうしてかしっくりしない何かがあると。

それが手のかたちなのか、手を動かして耳の後ろの髪の毛を整えるときのしぐさなのか、それともにおいのためで、煙の、それも古い煙のまじったような、どうしても好きになれないにおいがあるためなのか、はっきりしないのです。わかっているのはただひとつ、そんな彼女を見ることが——よく見えるように、わたしは窓を背にしたちょうどいいところに陣取っていたのですが——どうにも愉快でなかったということでした。わたしは突然、なんと言ったらいいかわからなくなりました。あなたにはかなり奇妙に思えるでしょうが、第一の問題は、彼女の気を害さないで、傷つけないでいるためにはなんと言ったらいいかではなくて、いちばん気にかかったのは、娘がなんと思うかということだったのです。また娘を失望させてしまうのか、少なからず心配させてしまうのか、彼女に迷惑をかけてしまうのかとか。

でもねルーチェ、年齢が年齢なので、気安い言い方を許してほしいが、人生というものは細かいことで成り立っていて、その細かいことを、娘の母親のほうはわきまえていたのです。違いはまさにそこにあったのですよ。そんなことはあまりにも些細なことなので、ふつうは誰も気にしないけれど、でもわたしはそれを気にしたから、それでもう十分で、行くべき方向が見えたのですよ。

レナート

わたしは頬を窓に押し当てていた。目の前をぼんやりと白くかすめるのは今通っている界隈だった。わたしたちは商店街に寄って買い物をするはずだったのに、そのまま家に戻った。わたしは信じがたいことを包みこんでなだめ、なじみやすくするために、言葉を頼りにした。**骨格《スケレタル・》異形成《ディスプレイジア》**という言葉を。異形成《ディスプレイジア》は腫瘍形成《ネオプレイジア》と同じように聞こえるけれど、同じものではない。どんな病気だとしても、骨に関係があることは間違いなかった。わたしはさまざまな外科手術を頭に浮かべ、コルセット、副《そ》え木、十九世紀の医者が使った道具などを想像した。目をつぶり、車がどこかに止まるのを待った。来るにちがいない苦しみを待った。

家に入って、何もかもが残してきたときのままなのに気づいたときにも、まだ苦しみは感じなかった。居間は薄暗がりに沈んでいた。フランス窓の向こうに夕闇がやっと近づいたところだった。コラム宛ての手紙が床に散乱していた。コンピューターは点《つ》いていて、スクリーン上で息子の名前が、逃げ道を探すようにこっちの端からあっちの端へと飛び跳ねていた。キッチンに入って水を一杯飲み下したときにも、苦しみは感じなかった。黒板に張りつけたメモの、買い物や見慣れた数字をちらっと見た。すべてがまったくもとのままだった。最後の超音波検査の前と変わらなかった。

苦しみは感じなかったけれど、電灯を点けるときにスイッチを探すように、わたしはそれを探していた。居間へ戻ってロレンツォの部屋へ入ると、新しい塗料の強烈なにおいがかぶさってきた。天井に穴がひとつあいていた。シャンデリアをまだ取りつけていなかったから部屋は暗かったけれど、おむつ交換台の輪郭や、クマのプーさんの洋服簞笥、その上に積んであるいろんな贈り物やベビー服は見てとれた。苦しみはまだやってこないで、ひとつの声が繰り返しわたしに言っていた。「何も起こっていない、あなたのことじゃないし、あなたじゃない。もうじき目を覚ますけど、まだベッドにいて、今はまだ真夜中」でもまわりを眺めれば、わたしはさっきからそこの、住む人のない不完全な場所にいて、ピエトロが後ろにいる。彼は放心したようなまなざしをして、入口に突っ立っている。

「きみのお母さんを呼ぼうか？」彼は一歩近寄ってわたしに訊いた。

そのとき苦しみはついに、呼吸を切り裂くとげのようにしてわたしを襲った。明かりを点けるまでもなかった。苦しみは、幼いころのわたしの部屋のような息子の部屋の至るところに、つい先日色を塗った壁や、ボール紙で包装されたゆりかごのなかに見えた。わたしはピエトロの腕に倒れ込み、胸にはもはや一分の隙間もないほどだったから、しゃくり上げるたびに、苦しみを吐きだそうとした。ロレンツォはわたしを蹴っていたから、そのひどい苦しみが彼をも毒するのではないかと心配した。

「いいの」わたしは一息吸い込み顔をぬぐいながら答えた。「あなたのご両親に電話をして。また超音波検査をしてみるわ。必要なら十回でもする。いちばん優秀な医者のところで。もう誰も信じられない」

　十一時半だった。ピエトロは着替えもせず、わたしのほうは素足で冬用のパジャマを着、腹に羊毛のショールを巻いていた。ふたりとも居間の椅子に座っていた。どのコンピューターにも備わっているパンドラの箱を開いて、即席の医者や科学者やエキスパートになろうとしていた。希望が食いつくことのできるえさを求めて、ネットの上をさまよった。

　骨格異形成《スケレタル・ディスプレイジア》。ふたつの言葉がひとつになるとこんなにも不吉に響くのだ。その言葉を検索エンジンに打ち込むのは、不健康についての記事を書くためではなく、息子の生命のためだった。

　その日は十二月二十日で、ウェブ上はクリスマスセールの広告や、ふいに現れた、ろうそくやナギイカダ（訳注＝冬に紅い実をつける低木）で飾られたウィンドウであふれていた。それはまるで圧縮したらせん状のバネを使ったひとむかし前のゲームみたいで、触れたとたんに飛び上がって脅かそうと襲ってくるが、実際は時間の無駄で苛苛《いらいら》させるだけの装置のようだった。

　ふだんは食事をするテーブルの上に、今はロレンツォの超音波検査の書類があった。最後の検査結果が載ったページに、懐妊の時期と出産予定日のほかに、詳細として、例によって判読できない数字が並んだ胎児の生物学的所見があった。女医の話から、長管骨は三パーセンタイル以下に位置し、胸部と腹部のあたりに異常があることはわかっていた。つまり胸部が小さすぎて腹部が大きすぎるというわけなのだ。そのほかの点でわかっていることは多くはなく、ロレンツォの体重は一キログラムをいくらか越え、心臓は活発に動き、わたしの胎盤の構造と羊水は正常だということだけだった。わたしたちはそれらのデータをもとにして、獲物を狙う猟犬のようにウェブ上を嗅ぎまわり、追うべき足跡を求めてページからページへ飛び移った。

そこは情報の宝庫というより、むしろごみ捨て場のように見えた。次にクリックしたところで否定されてしまわないような見解はただのひとつも出てこないのだ。そのうちにわたしたちは、あるファイルのなかで、真夜中の灯明のような資料にぶつかった。

それはパドヴァの医者が主導する研究成果を公表した文書だった。彼は骨格異形成を、致死的なものと致死的でないもののふたつのタイプに分類していた。すべてのなかでわたしが聞いたことがあったのは軟骨無形成症だった。軟骨無形成症患者は、俗に「小人症」と呼ばれることのある人たちだということは知っていた。彼らは映画やドキュメンタリーやサーカスに出てきていた。街なかやわたしがよく行くところで出会うことはまずなかった。わたしはいろんな人を頭に浮かべ、よく知られた軟骨無形成症の人たちのイメージを思い浮かべた。いちばんぴったりの人を選んで、アーノルドに思い当たった。八十年代の有名なテレビ映画の登場人物で、皮肉屋として異彩を放っていた。わたしはその後すぐに、致死的でないタイプのほうにマウスを動かした。頭がぼうっとしていたから、恐怖のあまり度を超した諦めの気分になったりはしなかった。

「ただの軟骨無形成症かもしれないね」わたしはまるで頭がもう悲劇を遠ざけて、より受け入れやすい病気を選んだみたいにして言った。けれどもその「ただの」という言葉に、ピエトロは頭から反撥《はんぱつ》した。「そんなことじゃないかもしれないよ」彼はそう言いながらテーブルに拳《こぶし》を打ちつけた。「妊娠の時期を間違えて計算していたのかもしれないし、超音波診断装置が壊れていたのかもしれない。あるいはあの藪《やぶ》医者が能なしで結果を読みちがえたのかもしれないよ!」それから拳で額を軽く叩くと、落ち着きを取り戻した。

「母に電話するよ」彼は武器でもつかむように受話機を手に取りながらそう言った。「ピアッツァ先生とのアポイントメントが取れたのか、何時なのかを訊いてみる。どうなっているんだか、彼ほどよくわかる人はいないからね。先生は胎児の研究では第一人者なんだ。パッジ先生の考えは、きみも聞いてる? 諦めるわけにはいかないよ。超音波の検査技師だって遺伝子診断を勧めたじゃないか。そうだよね。白黒がはっきり出るんだよ」

わたしには白黒などはっきりしてはいなかった。将来は対立する色の寄せ集めでしかなかった。感じていたのは部族の太鼓みたいにはげしく鳴る心臓の鼓動と、何かを言おうとするかのように、まるでモールス信号のように、ますますわたしに迫るロレンツォのキックだけだった。

ピエトロと母親の会話がとぎれとぎれに聞こえてきた。わたしはパドヴァの医者の文書に集中しながら、致死的なタイプのほとんどすべてに四肢短縮と胸郭低形成が現れるという事実から目をそむけようとした。わたしは高校でギリシャ語を勉強していたから、それが何を意味するのかはわかった。おおよそのところ、ロレンツォの超音波検査のレポートに書かれていたとおりだった。次にそれほど重大ではない状況のほうに目を移した。胸郭低形成は、致死的ではないふたつのタイプにも現れていた。呼吸不全性胸郭異形成症と軟骨外胚葉性異形成症がそれだったが、それらには息子には当てはまらないほかの特徴もあった。せかされるように文章を追っていくと、どちらにしても生存率は四〇パーセントを下まわるとあった。骨形成不全症には違った特徴もあったが、いずれにしても生存率は驚くほど低かった。**生存の質と知的能力は通常だが、整形医学的問題と肺の問題が長期間継続する。**そこには幼児期を生き延びるという記述はなかった。

骨格異形成の場合は、成年に達すると治療法はない。ある程度の身長に達するには、複雑で苦痛の大きい手術を受けるしか道はない。何しろ一般の尺度に適応しなければならないのは彼らであって、その逆ではないのだ。日々のありふれた動作のひとつひとつを身体と精神のアクロバットに変えていかなければならないのは、彼らのほうなのだ。

めったにない病気の多くには、たとえきわめて短い人生でも、そんな状態で日々を生きた人の名前がついている。将来のいつか、周知の症例のなかに同じものがなく調べることもできないケースを説明するのに、「ロレンツォ病」という呼び名を読むことがあるのだろうかと、わたしは考えた。

特別な息子がほしくて、ただそれだけを願って、神だか神に代わるものだかに向きあってきたわたし。彼には、ただ群れを追っているだけの雄ヒツジにはなってほしくなくて、他人と同じではない、自分の頭で考える人になってほしかった。美醜とか、背の高さとか、異性愛者《ヘテロセクシュアル》か同性愛者《ホモセクシュアル》かなんてことはどうでもよかった。特別な存在で、寛《ひろ》い心の持ち主でいてほしかった。ピエトロの力を持ち、不安定なわたしには全然似ていないような。

神だか神に代わるものだかは、その日は交渉に応じるつもりはなかったのかもしれない。さもなければ勘違いしていたとか。

わたしはその資料から離れようとしたけれど、それは迷路以上に手強《てごわ》かった。リンクからリンクへ、それをテーマにするフォーラムのあいだをさまよい続け、会話の断片や、妊娠中にこれこれの薬を使うと蹴りの力が弱まるなどという、信じがたい説にもぶつかった。

わたしはそれらにつられて反応した。気がついたら駆けだしていて、キッチンに飛び込み、冷蔵庫をあけて牛乳のパックをつかんでいた。

「あなたはカルシウムが足りなくて、それで成長が止まっちゃったの？」わたしは泣きだしながら声に出さずにそう叫び、そうしながらパックの牛乳を飲めるだけ飲み下した。液体は口の端から垂れ流れ、涙と汗にまじりあった。わたしはろくに息もしないで牛乳を飲んだ。

二十九週と二日のあいだにわたしが服《の》んだのは、鎮痛剤のタキピリーナを四錠とアウリンを三包だけだった。それらの薬は不可欠だった。ひどい頭痛でベッドから出られなかったとき、ジーリ医師がわたしをとがめて、「わかってないのね、タキピリーナは悪さなんかしないのよ」と言ったのだ。六カ月目に親知らずが生えてきて、ウォッカを含ませたコットンで湿布をしながら、朝の六時に妊娠中の薬についてのフリーダイヤルに電話をしたときには、「そんなに痛いならアウリンを服みなさい、お子さんのためにもそのほうがいいですよ」という返事をもらっていた。避妊薬《ピル》を月に少なくとも数回は忘れていたわたしが、毎日ある種のビタミン剤は服んでいた。トキソプラズマ症が怖くてソーセージは食べなかったし、サラダや野菜は、パッケージに「洗浄済み」と書いてあっても洗っていた。風疹やサイトメガロウイルスも怖かったから、人混みは避け、小さい子どもたちが集まるところにも行かなかった。三カ月目に入って、ヘモグロビンが急激に減り、血液学者と話したジーリ医師が、「おかしいですね、わからないわ、こんなに急に減ってしまうなんて。鉄剤のフェッログラッドを一日に二錠服んでみてください。副作用が出ないのは二錠までだと思うから」と言ったときには、鉄分と葉酸を夢中で摂《と》った。でもおそらくふつうでない数値には理由があったのに、誰もそれに気づかなかっただけなのだろう。わたしの身体が耐えられなかったのは、鉄剤ではなくて何かほかのものだったとか。それでどうにかしてわたしに知らせようと、警告を発していたわけだとか。身体はすべてを知っているのだから、わたしの身体は、なかでロレンツォが成長していないことを知っていたのだ。

そしてわたしは今、それが精力のもとでもあるかのように、牛乳パックにしがみついている。あふれるほどのカルシウムで彼を強く刺激し、疲れてまもなくへし折れそうな彼の細くてもろい骨に揺さぶりをかけるために。たったの数分で彼を成長させるために。

目を覚まして、育って、そのまま消されちゃったりしないように。お願いだから、ロレンツォ、あたしのために育って。あたしたちはおたがいを知らないから、あたしの力がどんなに弱くて、勇気がどんなに乏しいか、あなたは知らない。あなたが苦しんでいるのを見たら、あたしは自分を無にしてあなたを隠し、安全なところへ連れていく。誰にもあなたに触らせないし、悪さもさせない。でもお願いだから育って。さもないとあたしは死んでしまう。

ピエトロがキッチンに入ってきた。コードレス電話機が指のあいだからぶら下がっていた。彼は満足していて、目の前で繰り広げられている光景がすぐには飲み込めなかった。

「ピアッツア先生の診察は明朝の九時だ」と彼は言った。「初めのほうに入れてくれたよ」

わたしは牛乳を飲むのをやめず、彼に返事もしなかった。

「きみは何をしてるの？」

「きっとカルシウムが足りないのよ」わたしは空のパックをごみバケツに放り込みながら言った。

無理をしたために唇がひりひりし、吐き気をやっとのことでこらえていた。震えながらシャツの袖で口を拭いた。ピエトロは信じられないといった面もちでわたしをしげしげと見つめていた。わたしは洗面所のほうへ駆けだし、ショールに足を取られて転びそうになり、テーブルにつかまって身体を支えた。それからまた駆けだした。口を手でふさいだけれど、抑えきれない吐瀉《としゃ》物がはげしいしぶきになって飛びだした。しまいに蛇口にしがみつき、降参するはめになった。牛乳と胃液をひとしきり吐いて胃が空になると、悪寒がしたけれど、やっと楽になれた。気分が落ち着くのを待ち、それからおなかをさすった。「もっとよく考えてくれてもいいんじゃない？」わたしは小声でピエトロをとがめた。「この子がほしくないの？　どんな状態で生まれても全然かまわないわけ？」


バスルームの前のふたりの寝室には、オービュッソンの絨毯《じゅうたん》が敷いてあった。それはわたしが大学時代の住まいから持ってきたもので、織物の上に描かれた花弁の一枚一枚に思い出が詰まっていた。ピエトロとわたしが初めてセックスをしたのは、まさにそこの、その絨毯の上でのことだった。二年前のある日には、ニスの瓶のねじをまわしているとき、つかみ損ねて瓶を逆さに落としてしまった。わたしははねや青い染みをぬぐおうとしたけれど、状況はなおさらひどくなった。ピエトロはその絨毯が気に入ったためしがなくて、部屋には合わないと言っていた。どけてしまうようにわたしに何度も頼んだけれど、わたしは何かに固執すると依怙地《いこじ》になるから、何を言われても折れなかった。今その絨毯を眺めながら、青い濃淡のある染みに目をとめると、その羊毛の絨毯がまるで芸術作品のように見えてきた。ふたりの知人である画廊の主が、そんな絨毯はユニークでどこにもないと言っていた。たしかに目障りではあるけれど、ベッドの後ろにあるボナルーミの絵もそうだし、箪笥の横のマッティアッチの彫刻だって同じなのだ。

ピエトロが来てわたしをバスルームの床から抱き起こし、ふたりで何歩かよろよろ歩いてから、例の絨毯の上に倒れ込んだ。彼はわたしの背中にぴったりくっついたまま、亀の甲か甲冑《かっちゅう》みたいにかぶさっていた。わたしたちはそうやって、疲れ果て、へたばっていた。彼は耳もとで「大丈夫だよ、約束するよ」と言い、それから口づけをした。腐った牛乳のにおいがする口に、髪の毛に、汗だらけの皮膚に口づけをした。

息子がこの世にやってくる日、わたしはその絨毯を見るようにして彼を見るだろうと思った。身体に染みがついているのは見たくないから、きれいにしようとできるだけのことをするだろう。でも彼はそのままでも、ユニークでまたとない存在なのはたしかなのだ。多くの芸術作品がそうであるように、目障りなものではあっても。あるいは彼も、ただの汚れた絨毯でしかないかもしれない。どっちにしてもわたしは、絨毯をそこから動かすことはしない。

わたしは妊娠四カ月目までの何年か、プールに通っていた。そこで泳いだり水中エアロビクスの教室に参加したりした。それはいつもの気晴らしだった。水はいろんな考えごとを、どんなにしつこいものをも洗い流してくれるからだ。

プールは蒸し暑く、塩素のにおいが充満していた。妊娠していることがわかってからは、ときどきストロークをするくらいにしてゆっくり泳ぎ、胸の鼓動が速くなりすぎたりしたときは、休まなければならなかった。

わたしはプールの縁で、ゆがんで細かく震えるわたしの姿が空色の波に映るのを眺めたりした。ゴーグルをつけて、いちばん遅い人用のコースにやっとのことで滑り降りる。水がいろんな音を和らげている。まるでこの世の難事を取り除いてくれているみたいだ。あるのはわたしの息だけで、鼻から出る無数の細かい泡が首や頬をくすぐる。

リズムに乗りながら、他愛ない考えが頭に次々と浮かぶに任せているときには、ブイをかすめてひっかき傷を作る危険があっても、右側にいるようにした。同じコースを泳いでいる人の脇腹に触れるかもしれないと思っただけで、すごく気持ちが悪くなったからだ。だからわたしは、早朝のような、その恐れのなさそうな時間をいつも選んだ。プールには、ますますわたしを人間嫌いにする力があった。泳ぎ続けるためには、ほかの人の存在を無視しなければならない。人の汗、唾液《だえき》、クリーム、水に溶けまじる髪の毛や皮膚の脂などは考えないのだ。ひとりでいるようなつもりになるのだ。

ストロークを続けた末に心臓が「いい加減にしたら？　もう三十五なんでしょ。人類なら子どもは二十歳で作るものじゃない？」とわたしに言うようなとき、ダウン症を持つテオドーロに出会うことがよくあった。

わたしを含めた誰もが彼に、子どもを見るような目を向けたけれど、わたしたちはだいたい同じような年齢だった。

彼はわたしに興味があるようだった。何分間も口を半開きにしたまま、魅せられたようにわたしを見ていた。わたしがそれに気づくと、彼は顔をゆがめて作り笑いをした。初めのうちはそれがいかにも不自然で、無理強いされているみたいに見えたけれど、慣れていくうちにわかった。顔のあらゆる筋肉を衝動的に引きつらせるのは、他人に笑いかける彼なりのやり方だったのだ。

ときにはふたりが同じコースになることがあって、そんなときには、彼がいつも鼻を垂らしていて、口は唾液を抑えることができないでいることに、気がつかないふりをしなければならなかった。そんな彼を嫌うことは、間違ったよくないことだとわたしは思った。でも我慢できないときには、恥ずかしくなって水から上がり、縁に腰かけた。くたびれたとか水が冷たすぎたなどという理由をつけて、彼とつまらないおしゃべりをし始めた。

ロレンツォが服まで押すようになったとき、テオドーロは参ったなという表情でわたしの腹部を見始めた。

夏も終わりに近づいたある日、彼は勇気を出して「食べ過ぎじゃないよね？」とわたしに訊いた。

わたしは柔らかいけれど気の抜けた微笑を返した。わたしにはほかの男がいるけれど、もしいなくても、彼のものにはけっしてならないだろうと思いながら。

「男？　それとも女？」

「たぶん男だって言われた」

「名前は？」

「ロレンツォ」

彼の質問の仕方はじつにぶっきらぼうで率直で、ひどく無神経でもあった。

「で、好きなの？」

「誰が？」

「ロレンツォが」

「名前はとっても気に入ってるけど、まだ見たことはないの」

「でも結婚はしてなくて、指輪もつけてない」

「ええそのとおりよ」

「でもその誰かが好きなんだ」

「あたしとロレンツォの父親はとっても好きあってるわ」

「でも愛してない」

「違う。少し愛してるわ、ほんとに」

わたしには彼に嘘を言うつもりはまったくなくて、彼のこともすてきだと思っていると考えてほしかった。そしてある意味では、それは真実だった。テオドーロが見るような目でわたしを見る人はひとりもいなかった。彼の力強い分析的な目には、幼子の無邪気さなどみじんもなかった。


プールでは、髪を傷める塩素をいつも嫌い、まだ眠けから覚めていない早朝にいきなり水に入ることも好きではなかった。まるで返事をするべきコラムの読者や、わたしがインタビューを任されたとんでもない人たちだけでは足りないとばかりに、みんなに挨拶して、知らない人たちとどうでもいい会話をしなければならないことも気に入らなかった。サウナも、トルコ風呂も、転んで首の骨を折りそうな水びたしの床も嫌いだった。冬に施設がたまに暖房機のスイッチを入れ忘れることがあるのも不快だった。けれども何よりも嫌だったのはナディアで、彼女は更衣室のロッカーがわたしのそばだったから、暇さえあればつまらないおしゃべりを吹っかけてきた。

「あなた知ってる？　あそこにいるテオドーロがあなたをじっと見てること」

たいていの場合わたしは、不承不承聞いているだけで返事はしなかった。

「ねえルーチェ……ああいう人もあたしたちと同じ衝動を持ってるのかしらね」

わたしはぞっとして、彼女を無視することがよくあった。

「あの人たちだってカップルを作るのはわかるけど、でも好きな人に出会わなかったらどうするのかしらね。あの人みたいな女の人によ。気の毒にね。ああいう人たちって不妊症なんだってどっかで読んだことがあるわ。女性は五〇パーセントがそうで、男性は全部だって。自然って間違えることもあるけど、後からそれなりの修正はするわけなのね」

その日わたしは彼女の顔をまともに見据え、怒りの衝動に駆られて説教する気になり、教えてやるほうがいいと思って言った。「テオドーロは数カ月前に彼女と別れたけど、次の彼女をきっと見つけるわ。あの人は仕事も持ってるし、有能な人よ。たまにはあの人と話でもしてみれば、あなたもそんなばかばかしいことは言わなくなりますよ」

ナディアはわたしを全然知らなかったし、シャワー仲間の控えめな女の背後に、仕事柄他人の話を聞き慣れているジャーナリストがいるなどとは、考えることもできなかった。でもわたしの腹部は、大腸炎でごまかすという滑稽なことはできないほど大きくなっていたから、妊娠していることは知っていた。わたしが唯一さらけだしていたところは、彼女が唯一ねらい撃ちできるところでもあった。

彼女のような女の常で、ナディアは挑発的で陰険なやり方で向かってきた。それは、アクアジムの仲間たちに月に何回夫を裏切るかを吹聴する四十五歳の女の手口だった。「ねえ、今はもう羊水に針を刺せば、妊娠中の子どもがダウン症を持ってるかどうかわかるの、知ってた?」彼女はわたしの腹をちらっと見ながらまた言ったが、わたしに吐き気を催させるにはその一瞬で十分だった。「あなたはするの?」彼女はまだ足りないとでもいうように、そう言い足した。「二十五歳になってるんだから、国が無料でやってくれるわよ。聞いてなかった？」

「考えてます」わたしはそう返事をしながら、ガウン、つなぎの水着、タオルを二枚、ずぶぬれになったスリッパ、シャワー用具など、あらゆるものを手当たり次第に布製のバッグに突っ込んだ。

「検査を受けるのは、知りたいからよね。知りたいのは、選択の可能性を手に入れたいからなのよね」

「待ち受ける将来への気構えを作りたい人もいるでしょうね」わたしはそう言い返しながら、バッグのジッパーを乱暴に閉め、まだ髪をぬらしたまま更衣室を出ようとした。

「そんなことに気構えなんか作れませんよ」ナディアは嘲笑のまじったしたり顔で、唇を細めながらそう言った。

その言葉にあったのはたんなるサディズムではなさそうだった。それ以上の何かがあった。恐ろしいほど人間的な、身の毛がよだつような何かが。それは一種のタブーで、そのことは口に出してはいけないと、何世紀ものあいだ封印されてきた。なぜならわたしたち自身の奥深くに隠された本性を暴く恐れがあるからだ。その秘密はわたしたちの進化を妨げ、偽ることも、文明社会で共存することも不可能にしてしまう。妊娠した女の頭を混乱させるつもりで口にしたのかもしれなくても、ナディアの言葉の起源は、ずっと遠いところにあった。それは琥珀《こはく》のなかに閉じ込められ、化石の残骸のように岩石に刻まれてきたものだった。先史時代のものでありながら、つい昨日の、そしてつい先ほどのものでもあった。

わたしが上着に手を通していると、ナディアは最後の一撃を食らわせた。「想像もできないわよね」と彼女は小声で言った。「テオドーロのような子の命を奪う人がいるなんて」

わたしは喉や頬が引きつるような気分になって、わたしに対して発せられた、いかにも心が痛むかのような言葉にむかついた。腐ったプラムみたいな色のマニキュアを塗った、先のとがった長い爪も不愉快だった。留め金のついた水着にも、ブーケをかたどった白いゴムのキャップにもむかついた。水で落ちないけばけばしい化粧には反吐《へど》が出そうだった。

「生まれなかった子どもを想像するのってむずかしいですね」とわたしはひとこと言い、挨拶もしないで向きを変え、出口に向かった。人生訓を格言風の数行にまとめることで毎日を過ごしているわたしが、辛辣《しんらつ》な言葉のひとつも吐けなかったことがふがいなかった。いつものエスプリは、シャープな視線は、ユーモアのセンスは、いったいどこへ行ってしまったのだろう。

わたしは胃に痙攣《けいれん》を感じながら更衣室の出入口を出た。ロビーにつながる階段を上り、受付の女の子に軽く会釈をした。灰色っぽい長方形の建物の外の空気は肌にまとわりつくほどじめじめしていた。車のほうへ急ぎながら、フードで髪をすっぽり覆った。車に入ると深い息をしながら、祖先から引き継いだ悲しみが身体のどこかで目を覚まし、それが子宮にまで広がって、小さな収縮を引き起こすのを感じていた。短い収縮が繰り返し起こると、苦痛よりも恐怖がつのった。翌日ジーリ医師から、無益な努力は一切しないようにと言われたから、プールに足を運ぶのはその日が最後になった。

住まいはそこに住む人を語るというのが真実なら、ピアッツァ医師の診察室は、記念すべき出会いや、教皇の祝福や、威光と信望の証が刻まれた、栄えあるキャリアを物語っていた。そして家族の歴史も。スーツやアクセサリーの宝石類を熱愛する、柔らかいブロンドの髪をした伴侶と、すでに成人した三人の子どもたち。ふたりは男でひとりは女の美しい子どもたちが、卒業の日のカメラの前でほほえんでいた。ピアッツァ医師の目はその反対に、多くを物語ってはいなかった。超音波診断装置の電源を切ってわたしの腹から遠のけると、ぶつぶつと何かをつぶやいていたけれど、あることを言っているようでもあり、その反対のことを言っているようでもあった。

それから彼はクルミ材の机の向こう側に座った。机の上では家族の写真と並んで、アール・ヌーヴォー様式の中央のふくらんだスタンドがとくに目を引いた。机の後ろは壁一面が本棚に占められ、そこには立派な装丁の書物と、ギリシャの哲学者らしい人の白い石膏《せっこう》の頭部がいくつか、住む人を物語るように並んでいた。ピアッツァ医師がかがんでいる机の黒い下敷きの上には、わたしのカルテと一緒に、ボールペンが一本と厚い小ぶりの手帳が置いてあった。六十歳ぐらいの彼は華奢《きゃしゃ》な身体つきをして、小さい眼鏡をかけていた。細すぎるほどの髪の毛は、光った丸い頭の上に載っているだけのように見えた。彼はそこに広げたあらゆる医学的資料を、前から後ろへと繰り返しめくっていた。

前の晩はふたりとも眠れなかった。太陽の光に、不安を抱えながらおずおずとベッドを離れた。そして今わたしは、頭に刺すような痛みを感じ、先のとがった棒で右のこめかみをつつかれているような気分だった。手はおなかの上を離れなかった。ロレンツォはひとときもじっとしていないで、動き続けていた。わたしは、もうそれを感じたくないと思ったり、もう彼がいないほうがいいと思ったりした。

ピエトロの母親のマティルデも、わたしたちと一緒にいた。引きつったような顔をして、黒っぽい髪をきつめに結い上げていた。墨色のシルクの上下をぴったり身につけ、少なくとも十分ほどは座ったまま動かなかった。その朝はわたしにはひとことも話しかけず、頭で軽く会釈した。わたしたちが苦しむのを見てショックを受けているのだとピエトロは言っていたけれど、母親に関するかぎり、彼の言うことは信用できなかった。苦境にあってさえ儀礼的で優雅なマティルデのしぐさに潜んでいるのは、たんなる冷淡なよそよそしさだけではないような気がした。たぶん彼女はわたしが嫌いなのだ。そうではないと言っても無駄で、彼女がわたしを、自分と同じ社会階層の人間だとはけっして思っていないことは知っていた。何もかもわたしのせいだと思っていることも知っていた。

ピアッツァ医師とマティルデとは、共通の友人を通して知りあっていた。彼女がそこにいたのはそのためで、係の女性が午前中の最初の番に入れてくれたのもそのためだった。しかしふたりとも、便宜を図るのは、言ってみれば状況がかなり悪くて、どうしても必要なときだけに、限るようにしていた。

そして状況が深刻であることは、その時点でもう誰も疑わなかった。ピアッツァ医師でさえ、身につけていた豊富な知識をもとに、パッジ医師が明らかにしたことを再認識してみせることしかできなかった。しまいに資料を読むのをやめてこちらに注意を向けたときにも、話の内容はそれまでと変わらず、変わったのは言い方だけだった。


「奥さん」と彼は、**悪い知らせを告げるとき**にふさわしい声でわたしに言った。まるでもう何年も練習して言い慣れた台詞を口にしているみたいだった。「息子さんはたしかに一種の骨格異形成症に冒されていますね。しかし、それがどんなタイプでこれからどのように進展していくかは、この時点では予測がほとんど不可能です。著しい成長の遅れがあって、とくに長管骨でそれが顕著です。侵襲的検査（訳注＝体に大きな負担がかかる検査）を繰り返しても意味はないかもしれないですね。このタイプの病気は無数にあって、科学がそのすべてを解明しているわけではないのです。とにかく」と彼はわたしのカルテを指さして続けた。「見たところあなた方はすでに羊水検査も難なく済ませておられます」

ピアッツァ医師が話しているあいだ、わたしは彼の口の端に突きでているほくろをまじまじと見ていた。彼もわたしのように落ち着かないようだった。わたしは気が変になってしまわないように、その小さい部分を注視していた。ピエトロは自分が機器のボタンを押すような仕草をしていることにも気がつかないで、わたしの手をぎゅっと握りしめていた。彼がそうしてくれていたから、わたしは正気を保っていられた。どきどきしてはいたけれど。

姑がだめ押しをした。「それでは羊水検査でも予測ができなかったということなのですね？」

「出生前検査では少数の病気しか発見できないのです」ピアッツァ医師は説明した。「家族のなかにすでにその病気を持つ人が確実にいる場合は除いて、異形成も、そのほかの多くの生来的奇形と同じで、超音波検査でわかるのはやっと二十週を過ぎてからで、三十週目あたりの場合もあります。なかにはすでに生まれた後で、次第に臨床的な症状を見せ始める人もいるほどなのです。そんなわけだから、超音波検査で形態を調べても、すべてが正常と出てしまうんですよ」

「それでは先生は、この子は正常ではないとおっしゃるのですね？」

「正常……」医師は折れる気配もなく、**確信があるとき**の言い方でその言葉を繰り返した。「正常という言葉は人間の複雑さを定義するには不向きなんです。事実、軟骨無形成症の人のなかには、平均以上の知能を持つ人もいるのです」

「つまり今わたしたちが話しているのは低身長症のことなのですね？」姑が額にしわを寄せて言いつのった。

ピアッツァ医師はボールペンを移動させて手帳の脇に置いた。彼は動じなかった。「似たような特性は持っているかもしれません」と医師は彼女に言った。「すでに言ったように、今までにわかっているこのタイプの病態、つまり常染色体優性遺伝――お宅のケースでは、病態は遺伝によるものではなく、遺伝子の突然変異によるものなのですが――はひじょうに多いのです。どれくらいの年月をどのように生きるかとか、聴覚、視覚、神経や言語の発達などに支障が出るかどうかは、誰にもわからないのです。我々にできるのは仮定をもとに進んでいくことだけで、水晶球は持ちあわせていないのです」

水晶球。そのたとえ話風でおとぎ話風のメタファーには、専門医の口から出ると耐えがたい響きがあった。そして彼が「我々」と複数形を使って話すことも、わたしたちが診察室の重々しいドアを出たとたんに彼の役目が終わるとでもいうかのようで、受け入れがたかった。おそらくそれも、彼が慣れ親しんでいる台本にある行動様式のひとつなのだ。姑はわざとらしく唇にしわを寄せ、蠟《ろう》でできた彫像のようになって、きっと口を結んだ。わたしのほうは彼女のようではなくて、中身も知れない水のなかに吸い込まれようとしていた。彼女やピアッツァ医師と違って、方向を失ってただ目の前を漂っていた。

「それで？」言葉を失っていたピエトロが、パニックを破るようにして尋ねた。その状況には何か説明しがたいもの、彼の理解を超えるものがあった。それはわたしの理解も超えていた。でもわたしのほうは、心ここにあらずというふりをしていたのだ。わたしは口もとのほくろから、机の上にある、医師の三人の子どもたちを収めた銀色の額縁のほうへ目を移した。細かい部分がわたしの意識をそらしてくれた。ぎざぎざのついた銀色の額、丸みを帯びた角、ビロードをかぶせた写真台などを追っているあいだは、どんな言葉にも耐えられた。救われていた。

「二週間後にもう一度超音波検査をしてみましょう」と医者は、**何をやり残しているかを考えているとき**の、感情の抜けた言い方で言った。「改善を期待することにしましょう。しかしこれだけははっきり言っておきます。もし胸郭低形成でけりがつかなかったら、息子さんが出生時に生き延びる可能性はきわめて低くなります」

わたしはそこを立ち去ってしまいたかった。祖母が頭に浮かんだ。想像の世界に生きているって幸せなことじゃないかと思った。わたしはもうどうしたらいいかわからなかった。吐き気がして、右のこめかみがずきずきして、身体が内部からのはげしい震動に揺さぶられていることに、みんなが気づくのではないかと気がかりだった。考えて、よく考えて、とわたしは自分に言った。何でもいいから何かを考えてそれを発展させて。しっかりして。

そう、そのときのわたしは、いつも受けとっている手紙の一通の差出人でわたしの読者のひとりだった。その人生はわたしのではなくて、ここ何年もわたしに語られてきた、際限のない悲惨なストーリーのひとつになっていた。「息子はバイクから落ちて……医者にはもう歩くのは無理だろうと言われています」「きつすぎて、どうしていいかわかりません……アルツハイマーらしくて、話をしても返事をしません。自分の子どもたちも認識できないみたいです」「国がまだ障《しょう》碍《がい》年金を払ってくれなくて、これまでの分も一切払ってくれていません。いろんな支払いがたまっているのに、どうしたらいいでしょう」「あなたがわたしの立場だったらどうしますか?」なんと長いことわたしはそんな現実と、ピアッツァ医師と同じほど冷ややかに向きあってきたことだろう。読者の訴えがいかに切実かは承知していながら、専門用語をひけらかす医者と変わらぬ冷静さと気安さで、言葉の重みを測っていた。対話をしている相手にではなく、読者一般に、わたし自身に、活を入れようとしていた。句読点を吟味し、言葉を入れ替え、推敲を重ね、最良の返事に仕上げようとしていた。最良のというのは、ユニークで、歯切れがよく、啓発的だという意味だ。でも今のわたしには、それでは返事にならないことがわかる。わたしは、自分自身に送ることのできる適切な文章を作りたい。句点も読点も入れて、なんなら引用文も添えた文章を。意味を持てないものに意味を持たせたい。それなのに頭に浮かぶのは、筋の通らない思考や、論理の切れ端や、ただ浮遊しながらさまよっている言葉の残骸でしかないのだ。

「妊娠の中絶はお勧めできません」とピアッツァ医師は、これで終わりというしるしに腕を組みながら言った。「たとえ胎児がその状態では生きられないとわかってもです。イタリアで許可されるのは二十三週までで、それ以降はだめなのです」

「どういうことですか？」ピエトロは重ねて訊きながら、わたしの手を強く握った。

「もしまだ法的な時期を越えていなければ、出産を早めることを提案したかもしれません。二十三週目でこの状態だったら、胎児は持ちこたえられないでしょう。今我々が話しているのは、治療的とか優生学上のとかの呼び名で知られている妊娠中絶のことです。しかしあなた方の場合は認められた時期をとっくに越えているのです」

彼はまだ「我々」と複数形で話をしていた。今度の話は生存とか法律とか限界のことだった。でも複数形の代名詞は間違いだった。その部屋に我々というのはいなかった。もしいたとすれば、それはわたしとロレンツォのことだった。

「教えてください」ピエトロが彼を促した。ピエトロは青ざめていて、話が呑み込みがたいといった様子で、椅子に座りながら神経質に身体を動かし、彼の母親のようではなかった。母親のほうは頭を上げて背をまっすぐに伸ばしていた。「生きることもむずかしいほど深刻な病気が、中絶もできないほど妊娠が進んで初めて発見されるなんてことがあるんですか」

「中絶というのはこの国の場合、出産を早めることができるという意味なのです。その限界は母親の体内ではなく、自力で生きられるかどうかを基準にして決められています。二十三週目の胎児は、いや二十四週目でも、子宮の外では生きられないので、中絶が可能なのです」

医師はわたしたちに目を向けながら、おそらくは反撥を予想していた。しかしわたしたちは三人とも押し黙ったままだった。「じつをいうと」正確に説明する必要があると思ったのか、医師はふたたび口を開いた。「中絶した胎児がそのまま生き延びたというケースもあるんです。新生児を看護する技術は年とともに進歩しているし、必要なときには医者がその技術を実際に使うように、法律で義務づけられています。中絶の後生き延びた胎児はしかし、重大な疾患を持っているし、はっきり言いますと、生まれるのが早すぎたためのいろんな問題まで抱えているのです。だから国は、許容する期限を下げて、二十二週目までに改めようとしているのです」

わたしは、ただ最初で最後の息をするためにこの世に生まれるというむごい試練を強いられた、小さすぎるうえに病気まで背負った子どもたちもいるということに打ちのめされた。無事に生まれながら、目をそむけるどころか喜んで受け入れる保育器という無菌のきびしい場所、プラスティックでできた子宮替わりの入れ物のなかに隔離され、栄養不良の状態で成長する子どもたちにも。

「この子は二十九週目なのです」ピエトロがわたしの手をいっそう強く握りしめながらふたたび言った。「この先まだ優に二カ月はあるのです。でもお話からすると、この子はうまく育たないかもしれなくて、さもなければ、わたしの解釈からすれば、短く苦しい生涯を知的障害のある状態で送らなければならないということでしょうか。さらに悪ければ、ふつうの人以上の知能指数の持ち主になるとか」

「ええそうです」

「ということは？」ピエトロは医師に迫った。彼の目は医師にじっと注がれていた。パニックにかわって怒りと挑戦が前面に出た。彼はわたしの手を離した。しっかり握っていた指が一本一本離れていくのをわたしは感じた。ボタンを押していた力がゆるみ、わたしの偏頭痛が頭蓋をふたつに裂いた。頭がはじけた。わたしは消えた。

「ということは」とピアッツァ医師が眉をつり上げて繰り返した。「あとは神の意思だということです」

神にも医学にもある生命の運命を決める力はある。けれどもいい悪いは別にして、科学の意図はより明確で、神の力のほうはかぎりなく大きい。

わたしはよく自問したものだ。身体は衰弱し、頭はもうどこかへ飛んでいってしまっている今になっても、祖母はまだコーチゾンや、心臓や血圧のための錠剤を摂り続けなければならないと、神は思っているのだろうかと。わたしたちは最後の最後まで世話を焼き、力を尽くしてこの世に留めておくようにと求められているけれど、求めているのはいったい誰なのかと。

神の世界にも化学療法、排卵検査スティック、保育器、挿管チューブ、移植などといったものがあるのかどうか、わたしは知らない。ヘモグロビンの数値を上げて出産時の輸血の危険をなくすために鉄剤を服むたびに、ジャングルのなかにいてもわたしと子どもは、危険を逃れることができるのだろうかと考えてきた。また四カ月目にはこうも考えた。神の世界でも、診断の目的で一五ミリリットルの羊水を吸引するために、十センチの針を子宮に刺すことが許されているのだろうかと。あるいは出産まで優に五カ月もあるときに、わたしの子どものちっぽけな身体をカラフルな3D超音波で見ることなど、できるのだろうかと。

わたしは羊水検査はやりたくなかった。だからピエトロに、「サプライズにしておかない？

以前はみんなそうしてたんだから」と言った。

しかしこのことでは彼は頑固だった。わたしより宗教心のあるほかでもないピエトロが、あらゆる問いを投げあり得るすべての答えを引きだす力を、科学に認めようとした。だから仕事の場でとりわけ目立つ粘り強さで、どんな異議もはねつけた。「この件ではぼくらはふたりでやってきたんだ」と彼は言った。「最初からいつもふたりでやってきたよね。で、ぼくは知りたい。ぼくはすべてを知りたいんだよ」

胎児検査センターに行ったのは、空が輝くほど青く大気にはまだ夏のぬくもりが感じられる九月の朝だった。するべき一連の手続きについては、すでに説明を聞いていた。けれども同意書にサインをする前に、検査のやり方と意味をあらかじめつかんでおかなければならなかった。

受付の半円形のカウンターでは、弓なりに反った爪に派手な色のマニキュアを塗った気のなさそうな係員が、コンピューターのキーを叩いていた。彼女はわたしたちに、これから受けようとしている侵襲的検査のリスクと利益を説明した。ピエトロはふたりのデータと、少なくともわたしたちが知っている範囲内での、家族歴に顕著に現れたすべての病気を伝えた。料金には検査したい病気によって差があった。通常のセットには、21トリソミーつまりダウン症候群、嚢胞性線維症《のうほうせいせんいしょう》など、いちばん一般的なものが含まれていた。けれども、染色体検査や遺伝子検査などのさらに特殊な検査を望んだり、胎児がほかの病気を持っているかなどを知りたければ、料金は驚くほどはね上がった。そこは出生前診断の市場なのだ。不治の症候群が小売りされているのだ。人生の方向転換を可能にするのだから、ゲームフィールドの傾斜面を走ってくるピンボールがホールに落ちないようはじき返すフリッパーに似ている。ピエトロには出費のことにこだわるつもりはなかったから、もっとも詳しい完全なパックを強く望んだ。神の世界でもこうしたことは許されるのか、わたしは知らない。

わたしはミントのような緑色をしたリノリウムの通路を通って外来診察室に入った。そこは広い部屋で、超音波診断装置と、中央に白い革製の診察台があった。

医師はいかにも信頼できそうな人だった。髪は白髪まじりで、目は青く穏やかだった。幸運な妊婦たちが、その医師に出会った喜びを伝えあうような人だった。彼は助手を伴ってわたしたちを迎えた。ふたりが揃って着ていた白衣は、イブニングドレスやイギリス風のギャバジンのレインコート類を思わせるような、申し分ない仕立ての服だった。医者は包括的だが細かいところにも気配りの利いたやり方でプロセスを初めから説明し、起こり得る致命的な合併症についてもさらりと触れた。そのあいだに助手のほうは診察台を吸収紙で覆い、横になるようにとわたしを促した。わたしは犠牲のヒツジのようにおずおずとおとなしく従ったのを覚えている。

消毒薬のベタジンのにおいがしていて、寒かった。

ゼリーが冷たく、超音波プローブも冷たく、医師の手も冷たかった。

わたしは超音波診断装置の画像からも、長い注射器をプラスティックの包みから出している助手からも遠いところに視線をさまよわせていた。蛍光灯の光ですっかり明るくなった壁面にある金属製の小さなフックに、胎児の写真がかかっていた。その場所にいながら、検査に伴う〇・七パーセントの流産の危険を考えないでいることは不可能だった。問題は起こらないと確信することしか、わたしたちにはできなかった。

時間は進むのをやめてしまったかのように停滞していた。それからまた進み始めて、息子が超音波診断装置の画面に、うずくまったような姿で現れた。彼はこの前のときより大きくなっていた。わたしはそれを、自分には関係ない、テレビに映る画像のように、遠いものであるかのように眺めていた。それはあのいつもの、自己防衛の手段としてのよそよそしさだった。それによってわたしは心の均衡を保っていた。医者は、男の子であると推測していた。助手が彼に注射器を渡した。わたしは起き上がって駆けだしたくなった。それなのに診察台の、もといたところに張りついたままで、皮膚に今度は脱脂綿の冷たさを感じていた。針が表皮を通って腹の内部に入っていった。数秒もすると、針は科学と神秘の一五ミリリットルを吸い込んで、入ったときと同じようにすっと出てきた。

目の前の壁では、あの胎児の写真がまだ注意を引いていた。それは肌色っぽい半透明のかたまりでしかなかったけれど、それでもすでに人の身体を思わせた。医学が研究のための武器を磨いてきたのは、その胎児のような多くの胎児に負うところが大きいのだ。生命がその長寿の願いを叶えてきたのは、死を糧にしてのことだった。わたしは服を着ながら、わたしの体内にある生命のことを考えた。わたしが息子のために願える唯一のことは、科学の非情な魔手の届かない未来だった。

その夜、ベッドで、わたしは初めて彼を感じた。眠れなかったから、妊娠の九カ月間についてのマニュアルを膝の上に開いて読んでいた。電気スタンドがページの上のインクと、文字のあいだの余白を照らしていた。それが起こったのは、第十五章と第十六章のあいだのページをめくっているときだった。彼は一度かすかにつついた後、素っ気なく、でもはっきりと、小さくこつこつと叩いた。それはまぎれもないメッセージだった、「ぼくはいるよ」という。

ぼくだよ。ここにいるよ。あなたのおなかのなかにいるよ。

そのとき、腹部からじかにおののきが上ってきて、わたしの胃を通過して目のなかに溶けた。わたしはもはやページ上の文字に焦点を合わせることができなかった。指が自然にコットンのネグリジェの上を滑り、おなかを愛撫《あいぶ》した。わたしは多くの限界と弱さを持った自分のことを彼に伝えたい一心で、あらゆる境界を越えて羊水のなかから彼をすくい上げたかった。けれども、そのときのわたしたちふたりほど近くにいることは、もう二度とないことも知っていた。だからわたしもそっと彼に言った、「あたしもここにいる」と。

あたしはあなたの母親よ。ここにいるよ。あたしはあなたを包む世界なのよ。

羊水検査の結果はそれから二週間後に届いた。

午後の三時に外来に電話をすることになっていた。その約束の日、わたしはピエトロに、家にいて彼が電話をしてくれるように頼んでいた。

わたしはテレビのリモコンを操作しながらソファに座って待っていた。その時間には、いつも見ている動物の生活を扱ったドキュメンタリーはなかった。居間のフランス窓の向こうに、防水加工をした布をかぶった小さなテーブルと椅子が見えていた。つい先ほど雨が上がったばかりで、艶やかな煉瓦《れんが》に波間のような空の青さが照り映えていた。衛星放送のトークショーのゲストに、母が熱愛してやまなかった政治家のロマーノがいた。彼は母とは結婚しなかったけれど、母は彼の密《ひそ》かな逃避行の相手であり続けた。わたしは彼を注意深く観察し始めた。わたしは彼が話すことを聞いてはいなかったけれど、姿勢や目鼻立ちや、過ぎ去った年月の跡を詮索《せんさく》した。

わたしたちには似たところがあった。顔はふたりとも卵形で、目の切れ具合も同じで、笑うときに鼻にしわを寄せるところも似ていた。彼はわたしの父親ではなかったけれど、まさに父に生き写しだった。もしそうでなかったら、母は父のなかに何ひとつ惹かれるものを見出さなかったことだろう。そしてもしロマーノがいなかったら、今のわたしもいなかっただろう。ロレンツォもいなかっただろう。彼はその両肩に、ひとりの親の重みをそれと知らずに背負っている。ロマーノに遺伝子上の責任はない。しかしわたしがひとりの娘であり、今やひとりの母親である由来は彼にある。わたしはそんなことを考えながら、もし彼の性格も受け継いでいたらどうなっただろうと想像した。それでもやっぱりこんなに不安定な気持ちを持っていただろうか、まるで断崖の縁に立ったまま生きているような。

わたしは汗ばんだ皮膚の上に死んだ細胞の残骸が感じられるほど掌《てのひら》と掌をこすりあわせた。空がいっそう明るさを増していた。まだちらほらと残っているのは、風に漂う大きな絹のスカーフのような細い雲だった。

二時五十九分。三時。三時と数秒。

ピエトロが受話器を取って外来の番号を押した。わたしは手を合わせて、「お願い、お願い、お願い」と無言で繰り返した。まるで仏教の瞑想のように、機械的に、執拗に繰り返した。彼の声は聞きたくなかったし、顔の表情も読みたくなかった。見せかけにだまされたくなかった。ほしいのはただひとつ、ひとことでの、即座の回答だった。ピエトロがソファに座って、「すべてが正常だ。男の子なのも確実だって言ってたよ」と言ったときには、雲ひとつない空のような気分になった。たった今大雨が上がって、ふたたび晴れわたった空のような。

わたしたちは長いことおたがいを抱きしめあった。それからピエトロが、乾杯をするためのアルコール飲料を取りにキッチンに行き、わたしはソファのクッションの上に身体を投げだした。観念上の父親がテレビで熱弁を振るっていた。彼はブラウン管のなかでくつろいでいた。「この子もたぶんあたしたちに似て、アーモンドみたいな目をしてるんだろうな」とわたしは考えた。「彼もいつかテレビに出るのかな」

窓の外では太陽の光が家々の屋根の上で燃えさかっていた。わたしはもう一度両手を祈りのかたちに合わせた。そして、そのときのたった一度だけ、神の顔を想像することができた。きびしいけれど穏やかな顔。それはわたしの観念上の父親に似た顔だった。長年政治家をやってきた人の顔だった。わたしはひとこと囁《ささや》くように、「ありがとう」と神に言った。

わたしは幸せだった。

わたしは名前を選び、顔を想像し、時間のランプを磨くことができた。未来はわたしの願いを叶えようとする慈悲深い賢者のような気がした。彼は長すぎるほどのあいだ、ランプのなかにいたままだったのだ。

わたしは周囲を眺めることにもう恐怖を感じなかった。母親たち、父親たち、子どもたち、いろんな家族を。いろんなプランを。幸福を。

周囲の人から生活の切れ端を、まるでモザイクの一片のように、ヒントのように盗みとることに恐怖を感じなかった。

わたしは砂を真珠に変える貝だった。海に無限にあるものをふるいにかけて、小さいけれど計り知れないほど大きいものを創りだした。わたしの息子を。

彼はパルチザンだった祖父にちなんでロレンツォと名づけよう、人生は戦争で、すでに準備が終わって始まっているなら、とわたしは思った。名前もひとつの塹壕《ざんごう》で、そこに身を隠すべき盾なのだと。

ピエトロとルーチェとロレンツォ。わたしたち三人。ひとつの家族。

わたしは幸せだった。

すべてが終わり、すべてが始まったかのように。

わたしの婦人科医のマリーナ・ジーリ医師は背が高く骨張っていて、見たところ、風のひと吹きで飛ばされてしまう細枝のようだった。そのじつ彼女は頑固で我慢強く、誠実な女性だった。何年か前に知りあっていたけれど、わたしの妊娠を機に、似たもの同士であることがわかった。だからわたしたちは診察を重ねるうちに親しくなった。

彼女はピアッツァ医師の診察室のある建物の入口に立っていた。診断について聞くために、朝の診察をすべて後まわしにしてくれていた。でもすでに二十年の経験を積んだ医師だったから、彼女なりの見解はすでに決まっていた。

ピエトロと彼の母親とわたしはまるで幽霊のように、わけのわからない天罰でこの世に送られてきたものたちみたいにして、建物から出てきた。マティルデは黒っぽい眼鏡を鼻にかけ、息子に腕を取られて下りてきた。わたしのほうはそばに誰も、ピエトロにもいてほしくなかった。わたしには空間が必要だった。

「マリーナ先生」わたしは言った。「来てくれたんですか」

彼女は悲しげな笑みを浮かべてわたしを迎えた。肌は冬でも日焼けして、髪はショートで、大気から身を守る黒革のジャケットを着て。体型は違うのに、彼女を見ると、わたしは小学校で教わったマルティネッリ先生を思いだした。

マリーナ医師はどんな質問をするより前にわたしを抱きしめ、涙を見せまいとしてきたわたしの努力を危うくさせた。

「それで、なんと言われましたか?」

マリーナはまさに彼女、マルティネッリ先生その人だった。あのときは休み時間のあいだに中庭で喧嘩があって、先生はわたしを腕に抱いて泣きやませようとした。そう、わたしは膝をすりむいて泣いていたのだ。泣いたのは、わたしがビアフラ（訳注＝ナイジェリア南東部の地域の旧称）の子どもみたいに、足がかさかさしておなかもふくらんでいると言って、みんながからかったからだった。先生は、みんなが正確にはどんな言葉を使ったのかを知りたがった。わたしの痛みは我慢できないほどだった。痛みというのは身体的な痛みで、それが落ち着いたのは、先生に抱かれてからかなりの時間が経ってからだった。彼女の口づけには、わたしは守られていると安心させる力があった。ラベンダーとドリアビスケットのにおいがした。彼女の笑顔は祖母を思わせるように優しく思慮深かった。

「パッジ先生が言ったこととの再確認でした」わたしは答えながら喉が詰まって声がかすれた。「骨格異形成です。たぶん致死的なタイプで、出産を乗り越えられないでしょうって」

ピエトロもそばに来た。マティルデは毛皮のコートにくるまれてわたしたちとは離れていた。彼女はタバコを吸いながら、初めて不機嫌なそぶりを見せていた。

「ねえ、ルーチェ、あなたに言っておきたいんだけど」マリーナが一方の手で髪をまさぐり、唇をかみしめながらわたしに言った。「あたしがあなたの立場だったら、この妊娠は続けないでしょうね。あたしは医者として、自分の言うことには全責任を負うつもりよ」

ピエトロは元気を取り戻したような様子で彼女に近寄り、まるで共犯者みたいに用心深い声音で言った。「ピアッツァ先生はすでに法的期限は過ぎていると言ったんですよ」

「イタリアではそうです。でも外国は違います。あなたたちには誰か当てがありますか？　わたしのほうは今朝調べてみたんです。ロンドンに権威ある遺伝学者がいます。その分野ではもっとも優れた人物のひとりです。わたしだったら彼の意見も聞いてみます。あなたたちも、診断の確認を本気で考えてみたらどうでしょう、このまま家へ帰ってしまわないで」

これほどきっぱりした彼女は見たことがなかった。まるで塹壕の兵士みたいだった。マルティネッリ先生のまなざしはどこへ消えてしまったのだろう。

ピエトロは当惑していた。しかし彼の気性が答えを出した。彼はいちはやく活動するようにできていたから、すぐに気持ちを切りかえた。手詰まりになったかと見えたチェスボードの上に一手を直観した。わたしのほうはめまいを覚えて、片方の手を本能的におなかに当て、もう一方はそこにあった車のドアのほうへ伸ばした。マリーナがわたしを支えて、「大丈夫？」と言った。

マルティネッリ先生もそこにいたらわたしを支えてくれただろうけれど、彼女がきっぱりした態度に出たことは一度もなかった。いつでも言い分を聞いてから、それをケーキを扱うように細かく切り分け、それからクラスの全員に配分したから、どの子も満足して家へ帰った。彼女のしぐさはいつも柔らかく、声も、問題への取り組み方もそうだった。遠まわりしながら近づき、まともにぶつかるようなことはけっしてなかった。マリーナやピエトロのようではなかった。

「マリーナ先生」ピエトロは彼女のほうを向いて、まるで飢饉《ききん》のさなかに堅くなったパンの一片に飛びかかるようにして言った。「ロンドンって言いましたね、たしか」

「ええ、今日は二十一日だから、三日後はもうクリスマスです。今朝までは空港が雪のために閉鎖されていました。急いで行動しなければ。時間があまりないのです」

おなかのなかでは、ロレンツォの蹴りがやまなかったから、しまいにわたしはすすり泣きを始めた。まるで水泡のなかにいるみたいに感覚が鈍かった。道の人影も見えなかった。車が通る音も聞こえず、通行人の話し声も、排ガスのにおいも届かなかった。冬でもなかった。わたしは感覚を取り戻すことができないでいた。身体を丸めて地面にうずくまりたかった。そこのコンクリートの上で彼を産んでしまいたかった。それなのにそこで打ちのめされたまま、声にならないすすり泣きをしていた。

次にわたしを支えたのはピエトロだった。「しばらくふたりだけにしてもらえませんか」と彼はマリーナと母親に言った。わたしは足がふらついて気が遠くなった。


数分後、わたしたちはふたりきりで車の後部座席に座っていた。マティルデとマリーナは歩道にいて、おたがいのそばにいることに当惑し、ぼそぼそと言葉をかわしながら待っていた。誰かがわたしのためにバールから水を一杯もらってきてくれて、わたしはそれをちびちびと飲んでいた。血糖値が下がって、目の前に何かが飛んでいた。

「ねえルーチェ、聞いてくれないか」ピエトロがまるで子どもを相手にするようにわたしに言った。「ぼくらには経済的心配はない、いずれにしても。ぼくはロンドンへ行ってみたい。ぼくらはふたり一緒だったよね？」

わたしは彼の言葉にまた泣きたくなった。彼には子どもを、蹴っているロレンツォを感じることができない。ときどきへそに手や耳を当てることと、毎秒彼を自分の体内に感じることは同じではない。彼にはわたしが理解できないのだ。それにふたり一緒だということも本当ではなくて、わたしはどこまでもひとりぼっちだった。

「聞いてほしいんだ」彼はめげずに先を続けた。「きみのこれまでの人生を振りかえってみてほしい。耐えがたい苦痛を感じているのに、誰からも見放されてしまったような気持ちになったことはない？　そのときのことを考えて、それが信じられないほど、想像もできないほど大きくなったと考えてみて。きみのことやぼくらのことは一時どけておいて。ぼくらは地獄で火に焼かれるかもしれないけれど、そんなことはどうでもいい。この子のことを考えてみてほしいんだ。もし運悪く無事に生まれてきてしまったら、ぼくらの息子の人生はそうなるかもしれないんだよ」

わたしは苦痛を感じ、たぶんおびえながら彼を見ていた。彼のためにではなく、ロレンツォの、わたしたちみんなの、わたし自身のためにおびえながら。自分が生みだした生命を救うことができなかったら、わたしが救われることはないだろうとわたしは思った。木っ端みじんにされ、肉を挽《ひ》く機械でつぶされでもしないかぎり。慈しみ守りながらその子をこの世に送りだすことができないとしたら。わたしたちは霧のなかで道を見失っていた。どこへ行こうとしているのかもわからなかった。方向を示すシグナルもなければ、地面に足跡もなかった。けれどもわたしたちは、どの未知の小道をたどるか、破滅に向かうどの道を行くかを、選ぶことができるという恵まれた環境にあった。

「ともかく、その遺伝学者が実際それほど有能なら、ぼくらに何か希望を持たせてくれるかもしれないね」とピエトロは、さっきより優しい、しかしあくまでもきっぱりした口調で言った。「もしかしたら何らかの治療ができないともかぎらないし、きみに何かの処置をほどこすかもしれないし……」

携帯電話の鋭いベルがそこへ割り込んだ。その音は、わたしたちふたりがかわしていた、国境を越える一瞬前の不法入国者のようにおびえた視線を遮った。もう後戻りはできなくて、あるのは死か解放だけ。あるいはその両方だった。

わたしはベルの音を消すために無意識に電話に出た。

「ねえ、昨日の診察がどんなだったかまだ聞いてないよね。どうして電話もくれなかったの?」

母だった。

「ロレンツォが……あいにく……」

「あの子がどうかしたの? 何か具合の悪いことがあるの?」

「……よくないの」

母の声はわたしの声と対照的に大きくなった。「いったいどうしたのよ、〈よくない〉ってどういうこと?」

わたしは呼吸を整えようとしたけれど、ひとことも発音できなかった。まるでやけどでもしたかのようにピエトロに電話機を渡した。水の入った小瓶をもてあそびながら、飲む気力もなくしていた。

「お母さん、ピエトロです……」

ピエトロは、知りあってから初めて、涙声で話をしていた。起こったことを母に伝えながら、涙が目から口に入っていった。

あのときわたしたちは、本当に幸せだったのだ。驚くほど何も知らずに、元気いっぱい空を飛んでいるような気分だった。それからある瞬間にいきなり、奈落に墜落した。そして今わたしたちはそこにいた。身体が一生涯麻痺《まひ》したまま、車椅子に座って過ごすのか、それとも、不安を抱えながら足を引きずり、そうするうちにまたいつか、自分の足で立って歩き始めるのか、一切が不明のまま。

10月29日・16巻726号

ルーチェ様

わたしは年金生活者のスピーチセラピストです。わたしは自分の人生を言葉の教育に捧げてきて、これまでつねに辛抱強く、勘を利かせて創造的にやってきました。それなのにこの二十五年のあいだ、あえて言いますが、娘とうまく意思の疎通ができたためしがないのです。

わたしたちの関係は初めからゆがんでいました。あなたは知っていますか？　相手が何を言っても何をしてもこっちが苛苛するだけで、相手の行動にも選択にもやり方にも合わせることができないから、ただ逆らうしかないような人がいることを。あろうことか、そんな相手が、わたしの場合は血を分けた娘だったのです。

聞いてください、ルーチェ、そして理解しようとしてみてください。娘がわたしを非難するのは、わたしが彼女をわたしの一部だと頑固に考えていると思ってのことなのです。わたしが娘を、この社会でわたしには近づくことができない場所や生き方に近づくための、一種の踏み台にしていると。そしてそんな立場にある者として、わたしの評価をいつも重荷に感じてきたと。愚かな娘はまた、好むと好まざるとにかかわらず、ふたりは別の人間であって、子どもが親の思いどおりに育つはずはないのだから、もっと理性的に考えてほしいと、ことあるごとに言い張るのです。だからわたしも言い返してやります。理性なら口べただって精神科医にかかっているトラウマ持ちだって、頭に傷がある人だって、ショックのために話すことも意思を伝えることも突然やめてしまった子どもだって持っていると。でも娘のほうは理性を持ちあわせていないのです。彼女は自分の人生を歩み始めたのに、わたしと、一人前になるまで育てたわたしの努力のすべてをひっくるめて、何もかも投げだしてしまったのですから。彼女は五年前から勉強するふりをしています。でもあの程度の努力では、わたしとの約束を守って看護師になることなどけっしてできないでしょう。彼女はおまけに粗野な男を恋人にして、ごみためみたいなところに住み、自分たちと同じたぐいの薄汚いのらくらどもとつきあっているのです。

いつもみんなに有益な助言をしてくれるあなたなら、どこかに橋があると、もしかしたら言ってくれますか？　誰もが知っている場所か、あるいは誰も知らないところに。わたしはその橋を渡って、期待をせずにまったく無心に、一度だけでも娘のもとへ行ってみたいのです。もう娘を傷つけたくはありません。それは結局のところ、わたし自身を傷つけることになるのですから。それに、彼女がどう考えようと、彼女はわたしの一部なのですから。

デリア

わたしはこのたぐいの手紙を数多く受けとっていた。母娘の壊れた関係についての手紙を。手紙はペン書きで、その多くが活字体だった。偽装して文字を書くには、それがいちばん手っ取り早い方法なのだ。

手紙を丁寧に折って引きだしにしまいながら、わたしはそのたびに母のことを考え、その手紙の背後に母がいるのではないかと、ありそうもないことを考えた。その人たちも、血を分けたもの同士で、不健全にからみあった関係を生きているのだ。

デリアからの手紙は十月半ばのある朝、フィレンツェの用紙を使った高価な黄色い封筒とともに着いた。わたしはそれをほかの手紙と一緒に引きだしにしまわないで、返事を添えて編集部に送った。

デリアがわたしの母親であることはあり得なかった。母はわたしのコラムにいつも無関心で、たぶん読んでもいなかった。それにわたしたちの関係は、それまでとは別の様相を見せていた。わたしはスピーチセラピストの娘とは違って、彼女には閉ざされていたたぐいの生活の場を、母親の踏み台などとは思わずに手に入れていた。わたしは妊娠五カ月目で、愛する男と一緒に望み計画した子どもを待っていたし、おそらく鉄分を点滴しているためか、精力にも希望にも満ちあふれていた。デリアが話していた橋は見つかるだけでなく、深みに落ちる危険も冒さずに渡ることができると信じていた。だからその趣旨のことを実際に書いて編集部へ送ったのだ。瓶に入れたメッセージを大洋に委ねるようにして。

わたしに子どもができたと言ったときから、母は用心深く隠れて姿を見せなくなった。電話をしてくることもめったになく、携帯のショートメッセージを送ってきた。わたしの吐き気も、不安も、気分が優れないことも、ほとんど何も知らなかった。彼女は自分の最初でただ一度の妊娠から三十年以上も過ぎていると言って、わざわざ意見や助言をよこすこともなく、してはいけないことや心配しなくてもいいことも、医学が進歩していて以前とはまったく違うから何を忠告していいかもわからないと、当然のように言ってきた。そのようにはっきり距離を置いていることに、わたしは一方では喜びながら、一方では喜べなかった。自分に対してさえ認めることはむずかしかったが、わたしが子どもを産むには母が必要だった。

そのうちある午後のこと、仲直りしようと思ったのか、和解の試みのようにして母が電話をかけてきた。

地下のワイン貯蔵庫に、わたしが幼かったころのいろんなものがたくさん見つかったと彼女は言った。わたしの役に立つかもしれないと思って、別にしておいたものだと。いつでもいいから取りに来るようにと。それはまるでわたしが古巣に帰るための秘密の鍵のようだった。わたしは母に会って、しっかり防御されたその心を盗み見ようと思った。

母とわたしと、祖母の看護人のラケーレが居間に集まっていた。三人ともばかでかい箱を前にしていた。シネラリア草でできたその箱は湿気で柔らかくなり、先のとがったおもちゃで傷がつき、蜘蛛の巣がいくつも張っていた。

母は頭にカーラーを巻き、スペイン風のナイトガウンを着ていた。厚めのサポーターで左足の下のほうとふくらはぎを包んでいた。白い二本の松葉杖が腋の下を支えていた。「くるぶしをひどくねじっちゃってね」と母は、コウノトリのように揺れながらわたしに言った。「でもあんたがそんな状態だから、心配させたくなかったのよ」母が「わたしの状態」を口にしたことはそれまでに一度もなかった。少なくとも今言ったような口調では。それだけでなく母はその機会を利用して、妊娠は病気ではないから、ことさら用心する必要はないことをほのめかそうとした。

ラケーレはわたしたちをふたりきりにする前に、母を助けてソファに腰かけさせた。彼女の足もとの絨毯の上に、貯蔵庫で見つけた大きな箱があった。年月の経過で傷んだ籐製のゆりかごのつるや、汚れがひどくて除菌剤《ナピサン》を使っても落ちそうもないボディスーツやカバーオールの山が見えた。唯一のペットとして何年も飼っていたハムスターの小さなかごの残骸まであった。その日に母が見せた親切心は、もう遠くなった幼年期を思いださせるように、わたしに疑念を抱かせた。「そんなおなかをしたあんたはきれいだわ」とそのとき母は言ったが、聞き慣れない優しい言葉に、わたしはいい気持ちがしなかった。「こんなにたくさんあったのね」母は松葉杖で箱を指しながら言い継いだ。「使えそうなものはみんな持ってってね、遠慮しないで」

母は与えるより求めるほうに慣れていたから、親切の仕方がぎこちなかった。軽やかにしたくても、声は石のままだった。

「ところでね」と今度は脅すような口調で言った。「しばらく前からあんたに頼みたかったんだけど……降りかかったこの災難は別にしてね」と言いながら母は、芝居がかったしぐさで足首を持ち上げた。「ラケーレだけではもう間に合わなくなったのよ、ねえあんた」

わたしの疑念はまったく根拠のないものではなかったというわけだ。

「あたしはルーチェっていう名前なのよ、ママ」わたしは釘を刺した。「この変な名前をつけたのはほかでもないママなんだから、あたしに何かを言うときくらい、名前を呼ぶ努力をしたら？」

「あらまあ、なんて怒りっぽいんだろ。あのねルーチェ、あたしはぼろぼろなの」

「ただくるぶしをくじいただけじゃない」

母は壁から二本の松葉杖の片方を取って、わたしに彼女の不幸を思いださせようとした。「あんたに同情してほしかったら、障碍者になる必要があるっていうわけ？　こんな状態でおばあさんの世話を焼くのがどんなことだか、あんたにわかる？」

「ラケーレがいるじゃない、そのために。ほかに何がほしいのよ」

「彼女は使用人だし、フルタイムだけどいつもいるわけじゃない」

「この前払い込んでからまだ二週間も経ってないのよ。あの人にはそのお金で払えるでしょ？今の時期、医療費と子どものための出費で、あたしが苦しいことは知ってるよね」

「でもあんたの連れあいは？　あの人はいつだって苦しくなんかないんだろ？」

「第一に彼は夫じゃないし、第二に彼にはお金をせびりたくないの」

「夫じゃないのはあんたが結婚したくないからだろ？　いつかあんたを放りだしたらどうなるか考えてみたくもないね。何しろあんたは妊娠してるんだ。でもだからって安心はできないんだよ、まったく、とんでもないよ！」

「何かっていうとすぐそれね。どうしてママは何もかもお金の問題にするのよ」

「お金はなくなって初めてそのありがたみがわかるもんだよ。人生何だってそうだけどね」

第二幕の終わりに来ていた。日の光も悲しむように消えていった。幕が下りようとしていた。

「いくらいるの？」

「月に少なくとも八百ユーロだよ」

わたしは首を振った。けれども母はわたしを知りすぎるほど知っていたから、受け入れるのはわかっていた。彼女はもう松葉杖にも頼らずに起き上がると、古いものを収めた大箱のそばに行った。「全部出してごらん。何が入ってるかちょっと見てみようよ」母はそう言い、わたしはそんな母が喜ぶように、ほこりをかぶった子どものころの品々を床の上にぶちまけた。

夜だった。わたしたちは五人とも居間の椅子に座っていた。わたしの母、義父母、ピエトロとわたし。口に出さない言葉や呪詛《じゅそ》や無言の非難がかもしだす雰囲気が空気を重くしていた。クリスタルガラスのかわいいテーブルに、水とフルーツジュースとチョコレート菓子が載っていたけれど、誰も手を出さなかった。おたがいに目を合わせようともしなかった。

みんなは行程やホテルのことや、わたしたちが何日滞在するつもりなのかなどを、とぎれとぎれに話していた。まるでよその人のことを話すように、三人称で話していた。親類関係などまったくない人のことを話すように。誰もあえてわたしのほうを見ようとはしなかった。母はじっとしていられない様子で、ピエトロの父親のレオナルドは、いつもは落ち着いた威厳のある人なのに、そのときは窓の外の闇を放心したように見つめていた。マティルデは息子のそばを影のように離れなかった。

そのうちに母親と息子はキッチンのほうに避難した。マティルデがピエトロに小声で言っていた。「あなたがどうしようと決めても、あたしたちがついていることを覚えていてね。あたしがそこにいて、あなたたちの面倒を見ますからね」ふたりはわたしが聞いているとはまったく思っていなかった。わたしがまるで流砂のなかに沈み込むようにその静けさのなかに沈んだまま、言葉の響きそのものにおびえていることも知らなかったし、「面倒」という言葉がわたしをいっそう深く冷たいぬかるみに追い込んでいることも知らなかった。その言葉はもはやわたしの耳には、神の手が伸びる前に死にゆく人に与えられる、慈愛あふれる愛撫のように響いた。面倒。終末の言葉。

母はわたしのまわりをうろうろし、そこら辺のものを動かし、故障しているわたしのレーダーに探知してもらおうとしているかのようだった。しまいには座って、わたしの手を自分の手のなかに取った。彼女からすれば、それにはいちばん優しい抱擁に等しいほどの価値があった。

母はロンドンに行けない理由を説明した。それは祖母とくるぶしの痛みのためだそうだった。「まだギプスをつけてるのよ」でももしよくなったら、家を外から来るふたりの女性に任せてでも来るだろうと。しかし旅行は弱った骨には応えるし、かえって荷物になる心配もあると。ふたりがこんな苦境にあるとき、哀れな老女が必要だとはまったく思えないと。大事なのはわたしが落ち着いていることだと。わたしを愛しているし、ふたりのために祈ってもいると。心配することは何もなくて、万一の場合には電話もあると。昼でも夜でも、いつ電話をかけてきてもかまわないと。わたしは母の大事な娘だということを忘れないでいてほしいと。

母が初めてくれた贈り物のひとつ――数少ない守られた約束のひとつでもあるもの――がハムスターだった。

当時のわたしは十二歳で、午後いっぱいをその哀れな動物を観察しながら過ごしていた。その子はただわたしの子ども時代の孤独を癒やし、思春期への橋渡しをするという目的だけで、この世に送られてきたような気がしていた。わたしはその子が雌だとは知らなかった。さもなければベンジャミンなどという名前はつけなかっただろう。

かごのなかには小さなプラスティック製のまわし車があって、ベンジャミンはそれに小猿のようにしてしがみつき、自力で猛烈にまわしていた。ところがあるときぷつんとやめて、見るからに太り始めた。そしてただがつがつと食べていた。誰も気がつかなかったけれど、おなかにたくさんの赤ちゃんを宿していたのだ。

生まれたての赤ちゃんはじつに小さかったから、見たところは幼虫のような感じがした。皮膚はピンク色で毛がなかった。鼻は押し寄せる新しいにおいで麻痺していた。閉じた目は透き通ったふたつの細い肉片のあいだの小さな点みたいだった。

わたしのヒステリックな呼び声に応えて部屋へ入ってきた母はたちまちうろたえた。ベンジャミンが夜中のうちに子どもを産んで、これからそれに対処しなければならないと考えただけで頭痛がした。でもわたしのほうは大はしゃぎだった。

ベンジャミンは出産で大変な思いをしたようには見えず、わたしはそのまったく表情のない顔に、母親らしいまなざしを熱心に探ろうとした。彼女は床一面のピンク色の子どもたちを温かく見つめ、まもなく世話を焼き始めるだろう、とわたしは思っていた。一匹目を口に運んだときにも、その子をきれいにしようとしているとしか思わなかった。それなのに彼女は、その子を丁寧にあごのあいだにはさむと、しっかりひとかじりして、半分に断ち切ってしまったのだ。まるで血の出ない外科手術だった。それからその子をかみ砕いて呑み込んでしまうと、あたりのにおいを嗅ぐのをやめ、ひげをアンテナのように動かしながら、黒い突き通すような目でわたしをじっと見つめた後、身じろぎをしなくなった。

わたしはショックを受けた。「どうしてあんなことするの?」と母に尋ねた。母はかごから離れないで、まるで誰かに恐ろしい秘密を明かされているみたいに、その尋常でない光景に心を奪われていた。「たぶん数が多すぎたのよ」と母はしばらくしてから言った。「じゃなかったら、食べ物も家もみんなのためには十分でないと思って、選別しているのかもね」

「じゃあ外に出してよ、ママ。お願いよ。もっと大きいかごに入れようよ!」母はかごの小窓をあけようとするわたしの手を止めた。「だめ、触っちゃだめよ、ルーチェ。触っちゃったらもう自分の子どもだとは思わなくなるよ。さああっちへ行こう。子どもを食べちゃうのは、もしかしたら恐ろしいからで、誰かに子どもたちを殺されないうちに、自分でやろうと思ってるからかもよ。どっちにしたって、自分が何をしているかはわかっているのよ」

わたしは母に部屋から引きずりだされながら、たった今目にしたことはけっして忘れられないと思った。けれども二十年後のある夜、不気味でありながらどこまでも自然なその光景を、細かい部分のひとつひとつまで夢に見ることになろうとは、想像もしていなかった。

ピエトロはわたしの横に座っていた。わたしの安全ベルトを締めてくれたのも、前のシートの下にバッグを収めてくれたのも彼だった。

わたしは二日前から眠っていなかった。でもチェックインの際客室乗務員に、妊娠八カ月ではなくて五カ月だと告げるだけの機敏さはかろうじて保っていた。さもなければ持ってもいない医師の診断書を提示しなければならなかっただろう。

その日は十二月二十二日だった。出発できたのは信じられないくらいだった。前夜まで、ヨーロッパの空港の半数が雪のために閉鎖されていた。そのことはテレビのニュースも伝えていた。何十という飛行機が飛ばなくなり、乗客は地上で待たされた。しかしピエトロは抜かりなかった。ふたりがピアッツァ医師の診察室を後にしたときから、彼は電話機を放さなかった。情報をつかみ、飛行機を予約し、遺伝学者のウィルソン医師とのアポイントメントを取ろうとした。医師とは、ロンドンのウェスト・エンドにある名高い公立病院、プリンスウィリアム病院で、昼食の時間に会うことになった。

わたしは彼がするに任せていた。彼の思いどおりにさせていた。まるで意図することも欲することもできないかのように、彼にリードしてもらうことを受け入れていた。でも実際には、ふたりは今裁判に向かうところで、罪に問われ、有罪になり、刑罰の重さを知るために行こうとしているのだとわかっていた。ピエトロはときおりわたしを励ますために質問をし、会話のための材料を探していたけれど、そのうちに諦めた。ふたりで対戦しているゲームのなかで有利な一手を断固見つけようとしながら、通路のほかの乗客たちの動きをそれとなく眺めていた。わたしはそのゲームのなかに垣間見える危うさを感じながら、おなかの息子がふたりの関係に、ふたりの将来に及ぼす影響を、心ならずも恐れていた。まるで息子にすべてを破壊する力があるとでも思っているかのように。

乗客たちが自分の席に消えていくあいだ、わたしはおなかをさすり続けていた。そんなしぐさはもう何日も続いていた。それは瞬きや呼吸のような、無意識の動作になっていた。

その朝わたしは慎重に彼を探ってみた。もうかたちがなくなって、どこにいるかもわからず、へそのところには星形の痕《あと》ができていた。穴は消えてしまっていた。記憶に残っていたのは、それまでは空間が満たされていたという、ぼんやりした印象だけだった。まるでロレンツォが前からそこにいたかのような。彼とわたしはどちらとも区別がつかないような。亀とその甲羅のような。それならわたしは甲羅だった。

わたしは彼がわたしのどこかに隠れてしまって、小さな手を子宮の壁にぴったりくっつけたまま、消えてしまったのだと想像した。かごのなかの子ネズミのように。わたしは彼を励まして、恐怖には立ち向かわなければいけないのだと教えてやりたかった。なぜなら恐怖はほとんどの場合、いわれのないものだからと。でももし彼に生きていくことが不安だと言われたら、そのときのわたしには、なんと答えていいかわからなかった。

わたしだって怖かった。

時間が止まってくれればいいとわたしは思った。決心なんかしなくてもよくなればいいと。

ロレンツォがいつまでもわたしのなかにいてくれればいいと。

さもなければ、わたしのなかに入らなければよかったと。


飛行機は離陸用の滑走路の上を動いていた。わたしは小窓から外を眺めた。空は晴れわたっていた。ハマムギやハリエンジュが旺盛に生える草原が広がっていた。遠くに格納庫が見えた。飛行機が何機か、搭乗手続きが終わるのを待っていた。ふだんのわたしは離陸が怖かった。飛行機のスピードが増すにつれてボルトがひとつ残らずはずれ、粉々に爆発してしまいそうで恐ろしかった。でもそのときには、今空中に飛びだしてもう戻れなければいいと思った。さもなければわたしもねじやボルトをなくして、滑走路の上で爆発し、どこかへ砕け散ってしまえばいいと。

いったん空に出てしまうと、厚い雲に呑み込まれ、そこを抜けだすまでのあいだ、周囲は真っ白だった。白墨のように濃い白色に柔らかく覆われていた。でも、わたしたちが消されてしまいはしなかった。

客室乗務員がカートに飲み物を乗せて横を通った。わたしにナッツとビスケットとコップ一杯の水をくれた。

「順調ですか、奥様。何カ月ですか?」乗務員のひとりは優しすぎるほど優しく、そう声をかけた。

わたしは背を向けた。

「五カ月です」とわたしにかわってピエトロが答えた。それから「お気遣いは結構です、順調そのものですから」と言い足した。でも乗務員が遠ざかるとすぐに、わたしを自分のそばに引き寄せた。「ねえ」と彼は言った。「ここにいるから、心配しないで」

わたしは彼に突っかかった。「心配しないでって言わないでくれない」わたしはふくれっ面をして彼から離れ、また窓の外を眺め始めた。雲が雪をかぶった平地のように目の下に広がっていた。「ほっといてほしいのよ」

ロンドンはクリスマスの飾りで華やかだった。通りはどこも、イルミネーションやふわふわした飾りやクリスマスツリーであふれかえっていた。タクシーが混雑のなかを進んでいくうちに、わたしは二十歳のころの、キングズロードのある店でウエートレスをしていたころのことを思いだした。夏の二カ月間の、音楽に乗った砕けたカクテルパーティー。ギターが趣味の哲学科の学生と分けあった、散らかり放題のふたつの部屋。時間もかまわずインターフォンを鳴らしまくっていた仲間たち。夜も更けてのおしゃべり。プラスティックのコップに入った、タバコと麻薬を粉状にしてむかつきそうにどろどろさせた赤ワイン。こらえきれない笑いの爆発やふいのキス。

わたしは、この街は幸せだったころのわたしを知っていると思いながら、空を見上げた。しかしそれはもはや、わたしの胸を期待でふくらませたのと同じ空ではなかった。わたしたちにのしかかっていたのは、灰色に凍りついたのっぺりした空だった。

病院は落ち着いた建築様式の堂々とした建物で、兵舎のようにも見えた。正面には煉瓦が象嵌《ぞうがん》細工のようにはめ込まれ、扉は鋼鉄とガラスでできていた。タクシーは正面の大階段の前で止まったが、そこではコートを着てスリッパを履いた患者たちが、一般の人にまぎれて一服のタバコを楽しんでいた。

玄関のネオンの光がきつすぎて目がくらみ、もう夜なのかと勘違いするほどだった。わたしはピエトロの後ろについて歩きながら、彼とは少し離れていた。目に入るのはリノリウムの床だけにしたかった。苦しみはわたしの内部で荒れ狂っているのだけで十分で、ほかの苦しみなど見たくはなかった。

エレベーターに乗った。四階の、〈ウィメンズサービス〉と書かれた科があるところまで上った。ピエトロはエレベーターを出る前に後ろを振り向いて、「ぼくがいるからね」とわたしに言った。彼はまるでわたしには彼がもう見えないとでも思っているかのように、そうやってわたしに、自分の存在を絶えず確認させたがった。しかしある意味では、彼の思いは当たっていた。

婦人科の最初の部屋は広い待合室で、クリスマス休暇を間近にしてやけに騒々しかった。人間の身体は、病気のときやこの世に生まれでようと決めたときには、祭りのことなど頓着しない。

イギリスの病院に来たのはそのときが初めてだった。それまでは映画やテレビで見たことがあるだけだった。清潔で規模は大きいけれど、いかめしい感じはしなかった。一般に、病院名に聖人の名前や聖母や主を使ってはいない。壁には十字架もかかっていないし、イタリアの病院のような薄暗く憂鬱な感じもしない。見た目はきれいで機能的で、病院というよりホテルか私立の診療所のようだった。

そこにいたのはほとんどが女性で、人種もまちまちなら、おなかの大きさもまちまちだった。それから子どもたちもいた。生まれたばかりの子どもたちが。

わたしはつらかった、子どもたちを見ているのが。黒人の女の子がピンクのフランネルにくるまって大きな声で泣いていた。三歳か五歳くらいの子どもたちがふたりで部屋中を走りまわり、父親らしい背の高い紳士が彼らを追いかけるのに苦心していた。ロレンツォも走ることはできるだろうかとわたしは思い、歩くことさえできるだろうかと考えた。

それから頭のなかを電光が走った。おなかが硬くなり、収縮したのだ。ここで生まれるのだろうか。わたしたちに選択の可能性も与えずに、わたしの両足のあいだで殻を破ることにしたのだろうか。わたしたちのかわりに彼が選んだのだろうか。前向きになって、わたしがいなくても生き延びることに決めたのだろうか。

「じゃあそうして、ロレンツォ」わたしは密かに彼に願った。「神様はいて、わたしにストップって言っているんだって、教えて」

インド人の少年が立ち上がって席を譲ってくれた。わたしの隣にはかなり体重のありそうなブロンドの女性がいた。彼女は手に負えないふたりの子どもの母親だった。ふたりを避けている様子からそれがわかった。ふたりのうちのひとりが母親のガウンの袖を引っ張り、それから加勢してもらおうと父親を呼んだ。女性は梃子でも動かなそうで、子どもの言うことを聞きもせず、息子を母親から引き離そうと急いで駆けつけた連れあいに気がつく様子もなかった。彼女の視線もあらぬところにあって、心のなかの幻影と密な会話をしているようだった。彼女もわたしと同じような状況にあるのだろうか。それとも彼女の子宮は三番目の子どもではなく、腫瘍《しゅよう》を宿しているのだろうか。

待合室は次第にあるべき姿でわたしの目に映り始めた。幸福が苦悩に出会うこの世の一角として。幸福な人も苦しんでいる人も、ヴィザや通行証を受けとろうとして待っている。そして、おたがいへの口には出さない思いやりがその場を支配しているのは、ほかでもない、すべてが不確かであるという思いが誰にもあるからなのだ。

ピエトロがわたしにそこで待つようにと言った。受付に行って情報を仕入れてくるからと。わたしは彼が誕生日のプレゼントにわたしが贈った濃いブルーのジャンパーを着て窓口のほうへ行くのを見ていた。外国語のざわめき、子どもの泣き声、壁から垂れたクリスマスの花綱飾り、紙きれが一面にぶら下がった掲示板などのあいだを通り抜けて行くのを。いつもは力強くたくましい彼がふらついていた。人生を初めて襲った痛烈な一撃に足をすくわれ、彼でさえ老人のようにひしゃげるのをわたしは見ていた。ピエトロはわたしのほうを向いて遠くからほほえんだ。わたしもほほえみ返したけれど、心は炎のなかにあった。

わたしは半年前に彼が家へ帰って来たときのことを思いだした。そのときわたしは、彼が卒業の日に着たセーターを着ていた。毛玉や糸くずみたいなものが至るところからぶら下がっているセーターを。それは彼が一緒に暮らさないかと、わたしを誘った日に着ていたセーターだった。特別のときのおまじないみたいなセーターだった。わたしは筒状に丸めてリボンで結んだ妊娠検査用紙を、しっかり握って背中の後ろに隠していた。わたしの笑い声はヒステリックで、彼のそれは驚きに満ちていた。彼はわたしを両腕で抱き上げ、「きみってすごいよ。その子もすごいよ、男の子でも女の子でも。ぼくらってすごいよ！」と大声で叫んで喜びを爆発させたのだ。

妊娠しているあいだの忘れられないひとこまひとこまが目に浮かんだ。ホルモンが急増するたびに重ねた言い争い。吐き気に襲われたわたしが洗面所の床で身体を折り曲げ、手で洗面器にしがみついているとき、彼がわたしの髪を後ろでひとつにまとめてもっていてくれたこと。ふたりでおなかのなかのロレンツォに幾度となく話しかけたこと。子どもができたという知らせに周囲が示したいろんな反応。マティルデは眠りからふいに覚まされたような、重苦しい作り笑いを浮かべたけれど、その笑いは、あなたの勝ちね、今度ばかりは受け入れなきゃねと言っているようだった。ピエトロのいちばんの友達のパオロは、友愛をこめて熱狂した。わざとらしい喜びを表した妻のジョルジャは、そのときはふたり目を妊娠していた。わたしの親友イヴァンとネーリの喜びには、愁いもこもっていた。イヴァンは男同士である自分たちのことを皮肉っぽく言ったのだ。彼とネーリは、もし結婚したければ、あるいは養子がほしかったら、スペインかイギリスへ飛ばなければならないだろうと。まもなく彼らも知ることだろう、わたしたちも結局イギリスに行ったけれど、理由はまったく別だったことを。そして最後に思いだしたのは、ピエトロとわたしが最後にセックスをしたときのことだった。それはロレンツォの部屋の床の上で、その部屋はまだ作業場みたいな、建築中の子ども部屋だった。ニスで汚れたオーバーオールを着たわたしとの、かさかさになった古い新聞紙を一面に敷いた上でのセックス。彼は子どものことを考えて用心し、素直に深く入り込んではこなかった。空っぽなのに希望だけは満ちあふれていたその場所の薄暗がりのなかで、彼のまなざしは、あたかもそれがふたりの初体験でもあるかのように、わたしの目のなかを探っていた。

わたしは泣いた。あの夜のように、その混雑した騒々しい待合室で。

ピエトロがわたしを見ていた。でもその距離ではわたしの唇は読めなかった。わたしが彼に赦《ゆる》しを求めていることは、知りようがなかった。

12月22日・16巻734号

ルーチェ様

今わたしは星から書いています。昨夜Aと初めてセックスをした後、ここまで登ってきてしまったのです。「ああ神様、それではあなたは存在するのですね、そして触れることもできるのですね」とそのときわたしは思いました。翌朝起きてみると、わたしはひとりでした。彼は消えていたのです。戻ってくるかもしれないけれど、でもその後でまた消えることでしょう。

信用できない、予想もしていなかった、とんでもない男が好きになるのはわたしが最初でも最後でもありません。でもこんな高みにまで登らされてしまったら、もう引き返すすべも知りません。あまりにも高すぎて、墜落することもできません。ここはまぶしすぎて、目をあけていることもできません。

それから、星は無数にあるけれど、遠すぎて、つかむこともできないのです。

敬意を込めて。

B

東洋風の容貌がウィルソン医師を若く見せていたけれど、彼はその方面の権威で、六十歳をいくつか越えていただろう。灰色のまじった髪はまだ密で、整っていた。皮膚は艶やかで引き締まり、地球の東側では遺伝子がときの経過にそれほど影響されないかのようだった。

彼はわたしのカルテを念入りに読んでいた。わたしの診察に長い時間をかけたその部屋はアングロサクソン風の窓のない部屋で、診断のための装置は見たところイタリアのより進歩していた。超音波診断装置の画像の大きさと、映しだされた映像の細部にわたる正確さから判断した限りでは、そう思われた。

国際的研究者でアジアの出身ということを考えても、彼の仕事上の進歩と積み上げた知識を考慮に入れても、わたしには、ウィルソンでさえ水晶球を持っているようには見えなかった。彼は目の前にあるものを辛抱強く観察していた。なにしろミリ単位の問題なのだ。容態の変化はつかめなかった。そのことは彼のためらいのひとつひとつに現れた。彼は手で顎をひっかきながらモニターを探っていた。そこに映ったわたしの息子はわたしとは関係ない人みたいだった。わたしのなかでうずくまっている子どもとは別ものみたいに見えた。実際は張った皮膚と透明なゼリーの下にいて、超音波プローブがおなかをすべっているのに。

医者がへその下を軽く叩くと、ロレンツォが反応して動き、蹴り、プローブがそれまでより正確に彼を捉えた。彼は小さな手を口と目から離したから、そのときわたしは彼の顔をはっきりと見ることができた。彼は何も恐れていないような、くつろいでいるような様子だった。わたしの呼吸に揺られながら羊水のなかに浮かんでいた。この世界の果てはわたしの子宮壁なのだと固く信じているかのようにして。柔らかく、温かく、丈夫な子宮壁なのだと。その子はかごのなかのネズミではなく、まさに人間の赤ん坊だった。

医者たちがそれまでに言っていたことを覆すには、ウィルソン医師が手もとの資料を一瞥《いちべつ》するだけで十分だとわたしは思っていた。そんな思惑がいかに見当はずれであったかに、わたしはそのとき気がついた。わたしたちは、それはありふれたケースで、ただの成長の遅れのたぐいであることを知って喜んだり憤慨したりしたくて、そこまで飛んできていたのだ。それは治療のできる何かであるはずだった。それなのにウィルソン医師でさえ、たしかな診断はできなかった。それどころかロレンツォの胸郭の様子を見て、さらに入念な検討が必要だと考えた。そこで三人の同僚、三人のこれも権威ある医者たちを部屋に呼び寄せた。

彼らは一列になって部屋へ入ってきた。ふたりは男性――ひとりは背が低くずんぐりしていて、もうひとりは骨と皮みたいにやせていた――で、ひとりは四十歳を越えたくらいの黒人の女性だったが、みんな白衣を着ていた。彼らは儀礼的な挨拶は抜きにして、半円形になってモニターを囲んだ。映像を分析し、いくつかの部位を繰り返し指さしながら検討していた。そして彼らも、ウィルソンを惑わせたのと同じ骨の一部に注目していた。それはごく微細な部分で、わたしたちには正常にしか見えなかった。それはロレンツォの骨だった。新生児の骨格によく見るような短くて細い骨だったが、そのわずか数ミリの骨のなかに、彼の――わたしたちの――運命が刻印されていた。

最後にひとめぐり検討した後、ウィルソン医師が話し始めた。彼は際立ってイギリス風の抑揚で、母音に息をまじらせながら説明した。わたしには何を言っているのかよくわからなかった。英語はもう何年も話していたけれど、そのときのわたしは耳も聞こえず声も出なくて、話せる状態ではなかった。ウィルソンも彼の仲間もゆがんで謎めいた人物のように見え、チェシャ猫や、白うさぎや、芋虫や、ハートの女王みたいで、わたしは不思議の国のアリスだった。

わたしはその道の大家ののっぺりした声に鳥肌が立った。もう興味をなくしてうわの空になった彼の仲間たちの目にも恐怖を覚えた。

「ねえきみ」ピエトロがわたしを呼んだ。彼はわたしが今にも失心しそうな状態なのを知っていた。「先生が言われたこと、聞いてた?」

わたしは首を横に振った。

ピエトロはウィルソンのほうを向いた。「致死的なのでしょうか?」

医師は「かもしれないですね」とつぶやいた。

ここでもまた、その言葉には確信が欠けていた。わたしたちは答えがほしかったのに、誰もあえてそれを口にしようとはしなかった。誤りを犯す可能性があるから、口に出すことは危険すぎた。

ピエトロは医者にくってかかった。残ったエネルギーのすべてを注いでいるみたいだった。ふたりが骨格異形成《スケレタル・ディスプレイジア》のことを話しているのが聞きとれた。ウィルソンはうなずいていたが、アリスの芋虫にならって、ロレンツォが分娩の直後に呼吸困難で死ぬ可能性があることを示唆するのを忘れず、成年に達する可能性があることを告げるのも忘れなかった。唯一たしかなのは胸郭が心臓と肺を圧迫していて、たとえその状態がそれ以上悪化しなくても、いずれにしても障碍を持つようにはなるということだった。ピエトロはその言葉をわたしに伝え、苦痛《ペイン》という言葉を何度も口にした。そして最後に、大事な場面でいつもそうするように、相手によどみなくストレートに質問した。彼はその苦境を脱する方法があるのかを知りたがった。今ならまだ妊娠を中絶して、ロレンツォをどんな苦しみからも救ってやれるのかを。ウィルソンが同僚のほうに目をやると、彼らもうなずいた。そしてわたしたちに、手術費用はかなり高額だと言った。ピエトロは首をはげしく振って、それはかまわない、どんな金額でも支払うつもりだと告げた。医師たちは躊躇《ちゅうちょ》しているようだった。クリスマスが間近だから、もしそのつもりなら、イブまでに出産にこぎ着けるために、その日にとりかからなければならないことを示唆した。ピエトロはわたしのところへ戻ってきた。「わかった？　みんな手術で意見が一致してるんだ」彼は肩の荷が降りたような様子で言った。「子どものためを思ったら、これ以上妊娠を続けないほうがいいそうだよ」と言って、「先生方もその気になるのは楽じゃなかったんだよ。ルーチェ、ただきみの同意が必要なんだ」と言い足した。

わたしのなかのジャーナリストがその事情を頭に刻んだ。そこはイタリアではないし、イギリスの法律は妊娠期間に制限を設けず、わたしたちのような治療不可能なむずかしいケースでは、母親の意向を第一に考える。それは一瞬のことで、その後わたしの脳髄はまたスタンバイの状態に入ってしまった。周囲にあるのは医薬品と外科用の器具が詰まった透明なガラスケースだけ。わたしは科学に裏切られ、ひとりぼっちにされた。みんなはわたしの返事を待っていたけれど、そんな重圧に耐えることができるのか自分でもわからなかった。理性の重圧に。わたしの息子は生きるには弱すぎて死ぬには強すぎるのだ。おそらくしてほしくもない診察をされて気分を害したためだろう、彼はまた蹴り始めた。でもわたしのほかは、誰もそれに気づいていない。

出てきて、ロレンツォ。お願いだから、ここにいる科学者たちは間違っていて、過ちを犯しているのは科学のほうなのだと教えてやって。あなたは死にも苦痛にも負けたりしないって。あなたは愛することを覚え、偉大な人になるでしょう。数学や、哲学や、芸術の天才になるかもしれないね。一緒に偏見も逆境も乗り越えていこう。よりよい世界を目指してはたらこう。

わたしはピエトロを探した。彼に視線で乞い、哀願した。でもピエトロは押し黙って、わたしをとがめているみたいだった。彼はイタリア語で小声で言った。「きみが決められないとわかったら、家に送り返されちゃうよ、ルーチェ。マリーナ先生も言ってたじゃないか、持ち時間はあまりないって」

出てきて、ロレンツォ。ここに出てきて。わたしに教えて。こうしたことにはどれも意味があるんだって。あなたはわたしのなかに、なにかの間違いみたいに、まるで償わなきゃならない罪のように、罰のようにして入ってきたんじゃないってことを。

わたしはまだピエトロをじっと見ていた、苦悩と不安でやつれた彼の顔を。彼の目もわたしに語っていた。彼はわたしのように浅はかなことで悩んでいるのではない、なぜって彼の目はわたしのと違ってはるか彼方の苦しみを、押し寄せる川のような悲しみを、止めることのできない洪水を見ることができるからだと。頑固な悲しみは骨まで達し、やがて生まれでた日を呪うようになるだろうと。口に出さずにわたしに哀願しているのはピエトロのほうだった。人生はつねに恵みであるとはかぎらないし、義務でもないのだと、彼の目はわたしに言っていた。わたしたちがそこにいるからには、どういうわけかわたしたちには、選択の可能性が与えられたのだと。それも恵みにはちがいなくて、たとえ不合理に見えようとも、苦しみのない死という恵みもあるのだと。わたしたちの息子が、わたしのなかの世界のほかには何も見ることなく眠りにつくという恵みも。

「決まりましたか?」とウィルソンがわたしに訊いた。

彼らはまだ待っていた。でも訊く相手が間違っていた。ピエトロはすでに心を決めていたけれど、わたしのほうはそうではなかった。わたしは彼と違って、冷たい血は一滴も持ちあわせていなかった。

以前は彼は魅力的な人だと思っていた。父のない子が持つ信頼感を彼に対して持っていた。贈り物やレストランの選択といったもっともありふれたことから企業家として直面する問題まで、ピエトロは決断に迷うことがなく、自分が望むことをつねに知っていたし、どんな状況に置かれても、最適な行動の仕方を心得ていた。ところがわたしときたら、ホメオパス（訳注＝代替医療の一種であるホメオパシーを施術する人）によれば、自分自身にさえ信がおけないから支えが必要な、ヘルスケア商品向きのタイプなのだ。しかし今度ばかりは彼の決断力が、落ちてきて目の前の道をふさぐ大岩のような障害になった。それはわたしたちをそっくり呑み込んでつぶしてしまう山崩れの前兆かもしれなかった。けれども彼のまなざしにかすかな迷いでも見つけたら、それは救いになっただろうか。それともそれは、その場にいたわたしたちを苦しめるだけになり、ふたたび選択のやり直しを迫ることになっただろうか。しかしもしやり直さないとしたら、ふたりは息子の権利を奪おうとしているのだろうか。何があっても生き延びるために闘おうとする権利を。

そのときわたしは、ひとつの答えを見出した。それは「生き延びる」という言葉のなかに、はからずも、あたかも突然の顕現のようにして現れた。生命を恵みとして与えることはできても、その後の人生まで、**恵みとして与える**ことはできるのだろうか。

いつかわたしはピエトロの非情なほどの明晰さを、ゴールに達した彼の素早さを、振り返ることがあるだろうか。そしてふたたびわたしの羅針盤となり、舵《かじ》取《と》りになってくれたことを、感謝することができるだろうか。そして、「同意します《アイ・アグリー》」という言葉をゆっくりと声に出す勇気を、わたしに与えてくれたことも。けれどもその言葉を発したまさにそのときわたしは、自分のすべてをかけて彼を憎んだ。

なぜならそうさせたのはあなただから。そうしたのはわたしだから。わたしたちだから。

わたしたちは白っぽい亜鉛色の壁が続く廊下を通って、ウィルソン医師の後に従い、二番待合室を横切った。そこではたくさんの女性たちが、並んだ小ぶりのソファで時間をつぶしながら待っていた。わたしは抜け殻みたいで、生者と死者を分けるといわれる川のひとつを眺めているようで、わたしの精神状態を察知できる人にしかわたしが見えない場所に入り込んだような心地だった。そこにはそういう女性が何人かいた。なかでもひとりがわたしの目を引いた。彼女は緑色の目をして、ブロンドの髪をゆるやかなポニーテールにまとめていた。おなかはわたしほど大きくなかった。手の置き方——腹部から離れた膝の上で結んでいた——や、口と顔の筋肉のゆがみ方に何かを感じた。それは言葉では説明しがたい何かだった。彼女だけにはわたしが見えるような気がした。そして突然、わたしたちの苦しみがおたがいを見分けた。

わたしもまたおなかをさするのをやめた。わたしは早くも回復へのきびしい行程にせきたてられていた。わたしの精神は身体全体に進路変更を指図していた。彼女の精神のように、そして中絶のためにそこにいるあらゆる女性のそれのように。それまでわたしたちは身体を養い、育て、周囲から隠してきた。今は過酷にも、とき満たないうちに、それと別れなければならなかった。

ウィルソンは廊下の奥の診察室にわたしたちを案内した。わたしたちは布製の小ぶりのソファに座った。灰色がかった合成ウールのモケットが床に敷かれ、書類であふれた机があり、ばかでかいコンピューターのそばに真鍮《しんちゅう》製の照明器具があった。患者の写真なのか、コルクの掲示板に写真が何枚かかかっていた。全部で十枚ほどで、二歳から十歳くらいの子どもたちだった。

医師はプリンターから資料をいくつか引きだした。見たところ、読んでサインするためのものらしかった。

それは飛び込む寸前に岩礁の先でひと呼吸入れるのに似ていた。筋肉の線維がすべて引き締まって、飛び込みの準備をする。水から受ける衝撃も、深さも、水温も、何も考えてはいけない。一歩でも後ろへ戻れば、そこから逃げだして、来たときと同じようにして家へ帰るしかなくなる。

ウィルソンが最初にわたしの前に置いた書類には、「患者同意書」と書いてあった。それは埋めなければならなかった。でもわたしは目の前がかすんできたから、ピエトロにペンを渡した。資料のほうは、紙の上の筆跡を追ってちらっと目を通しただけだった。

人工妊娠中絶同意書。目的＝障碍を持つ子の出生予防。起こり得る危険性＝前回帝王切開で分娩している場合の子宮破裂、感染、出血多量による輸血。

ウィルソンはわたしに、帝王切開に及ぶ割合は四百例に一例だと言ったけれど、二日前からそこに至るまでのあいだに、可能性の計算についてのわたしの考えは、もう同じではなくなっていた。

わたしはほんの一瞬、わたし自身に思いを向けた。血や手術や手術室につねに抱く恐怖心に。病院で死ぬことへの恐怖感に。自分のにせよ他人のにせよ、苦痛を考えることなどできないことに。それはどれも母から受け継いだ性格だった。そうでなければ母はそのときそこに来ていただろうし、わたしがそんなにも切実に、母がそこにいることを願うこともなかっただろう。

ウィルソンはわたしに、出産後赤ちゃんに会いたいかと訊いた。わたしはただ黙って彼を見据えた。ウィルソンは「あなたは赤ちゃんに会いたいですか?」と英語で繰り返した。ピエトロがわたしのかわりにノーと答えた。けれどもウィルソンは、解剖に同意するか、臓器を研究用に提供するか、ということも知りたがった。彼の言い方の落ち着いてきぱきした調子からすると、その種の手続きには慣れているようだった。それにもピエトロが返事をした。洗礼と火葬についても、わたしたちは同意した。医師はまた、手続きは一切病院に任せ、子どもをロンドンに埋葬することにも同意を求めた。わたしは口で言われたばかりのことにサインをしなければならなかったから、ピエトロがわたしにペンを渡した。

わたしはそこに書かれていることを読みもしないでサインをした。わかったのは太字で印刷された文字だけだった。**同意する……、理解した……、言われた……、理解した……**。

でも実際はそうではなかった。わたしは本当は、何が起こっているのかわからなかったし、これからもけっしてわからないだろうと思っていた。そしてそのときより後にわたしにできることはただひとつ、後ろを振り返ることだけだろうと。

部屋に若い看護師が入ってきた。彼女は盆を持っていた。そこには青い薬用ドロップと水が一杯載っていた。

後戻りができないときが迫っていた。

「ホルモンだよ。子宮を出産に備えるんだ」医師の話を聞いたピエトロがわたしに説明した。

「これからどうなるの?」わたしはつぶやいた。

「心腔内《しんくうない》注射（訳注＝超音波を見ながら母体腹壁から長針を刺し、胎児の心臓の腔内に薬剤を注入して安楽死させる方法）をするために超音波検査室の準備をしている。もうじきこの子は眠るんだよ」

ウィルソンがわたしに薬を渡した。

わたしはふたたびアリスになった。そのドロップを呑み込めばわたしは小さくなって、ものすごく小さくなって、しまいに消えてしまうだろう。さもなければ突然巨大になるかもしれない。天井を突き破り、屋根の上に飛びだして、その病院を一蹴りで破壊してしまうかもしれない。

わたしは薬用ドロップを指でつまんで、舌の上に載せた。ピエトロがコップをくれた。わたしは水と一緒に、その薬を一息に飲み下した。

わたしたちは診察室で待っていた。ピエトロは携帯電話を取りだしてあちこちに電話をかけた。延期をしたり、礼を言ったり、挨拶をしたり。彼は忙しかった。わたしにできることは、ソファの上で静かに揺れながら、葬送歌を歌うように秒数を数えていることぐらいだった。白色があせたようなその部屋は、精神を病む人の保護室を思わせた。

「きみの婦人科の先生だよ」とピエトロはわたしに言って携帯電話をこっちに差しだしたけれど、すぐに引っ込めた。「マリーナ先生ですか？」と彼は言った。「はい、かなり動揺しています。まもなく注射があります。その後はホテルに戻っていいそうです。明日までは陣痛は起こらないそうで……。はい明日です、午後遅くなりそうです。出産を促すために別のホルモンも投与するみたいです……。抗不安剤《エン》をちょっと与えてもいいでしょうか。ふたりともその必要がありそうです」

わたしは気候の変化に左右される鍾乳石《しょうにゅうせき》の先端にぶら下がる一滴の水だった。落ちてしまうのか、それともいつまでも揺れながらそこに留まっているのか、わからなかった。わたしの携帯電話も鳴っていた。それはバッグの奥のほうに埋まっていた。ピエトロがなかをくまなく探して引っ張りだした。

「お母さんだよ」と彼は言った。「話して」わたしは凍った水が少しずつ溶けていくような気がした。その水はまもなく落ちていき、何世紀も経た地層に吸い込まれ、原初の成分のなかに流れ込んでいくだろう。

「ママ……」とわたしは言った。「もうすぐよ」

向こうから聞こえたのは喉《のど》から絞りだすようなしゃがれ声だった。

「あたしのルーチェ……」

「もう行かなきゃ」とわたしは言い、携帯電話の電源を切って閉じた。一滴の水の旅は終わった。母のメッセージを読んだのはもっと後になって、ホテルでのことだった。「そこにいてやれなくてごめんね。とても愛しているよ。ママ」

わたしは超音波検査室の診察台に寝かされた。ウィルソンが装置の電源を入れた。わたしは彼の顔と、薬剤や針や脱脂綿を器用に操る黒人の助手の顔を見ていた。彼らの上には簡素な造りの天井にはめ込まれたＬＥＤ照明があった。ピエトロはわたしの脇にぴったりくっついていた。わたしに見えないように、わたしとモニターのあいだに割り込んでいた。数秒後にはわたしの息子がこれを最後と姿を現すはずなのだ。

その超音波診断装置もそれまでのと変わらなかった。へその下にゼリーが塗られ、皮膚の表面をプローブがなめらかに走る。ウィルソンが、それはほんの数秒のことで、正確な場所が特定できさえすればいいのだと言った。わたしは一瞬身震いして座ろうとした。「吐き気がするの」とわたしは言った。しかしそれは嘘だった。わたしは逃げだしたかったのだ。ロレンツォもいつものようなしぐさをした。動き、蹴り、わたしの内臓を手や足で押し、肝臓や心臓や脾臓《ひぞう》の壁をこすったけれど、それを感じることができたのはわたしだけだった。

助手が注射器を光に当てて操作していた。その長くて恐ろしいほど細いものが、わたしのなかに入って息子の心臓を止めようとしていた。ウィルソンは助手に注射器の薬剤を注入するように指示した。彼の手は細くてすべすべしていて、今果たすべき作業にはまったく似つかわしくないほど不向きに見えた。彼は額にしわを寄せながら、吐き気は収まったかとわたしに訊いた。「すみません」とわたしは言った。その言葉は自分に向けてのものなのか、ロレンツォへの言葉なのか、それとも医師その人への言葉なのかははっきりしなかったけれど、でもわたしは、本当にすまない気がしていた。医者はわたしに、子どもは何の苦痛も感じないと確約した。彼はそのときも「ペイン」という言葉を遣い、「スリープ」という動詞も口にした。スリープというその言葉はわたしにとっては、童話とお休みなさいのキスに結びついた言葉だった。でも彼の言葉はキスではないし、そこでしていることは童話ではなかった。それが何であっても、わたしの辞書には書かれていなかった。そこはわたしの母国ではなかった。わたしの国なら、わたしは無法者か人殺しになるはずなのだ。ピエトロが頭を下げたから、彼の顔しか見えなくなった。彼はかぎりなく優しくわたしを見つめていた。わたしは彼の苦痛のなかに自分の苦痛を見ていた。わたしはたくさんのことを言いたかったけれど、シュゥゥという音がしばらく続くうちに感覚が鈍り、目がふさがった。

わたしは何も見たくないの、ピエトロ。真っ暗になって、空も食べられ、ありったけの星も食い尽くされてほしい。

わたしを抱きしめて。そう、そうやって、できるだけ強く。しっかりわたしを抱きしめていて。さもないと本能に負けちゃいそう。つい昨日までは、その本能があったから、わたしはおなかを手で支えながら、慎重に道路を渡っていた。食べものの消費期限はかならずチェックしていたし、含有成分や保存料も確かめていた。それは子どもを保護しようとする本能だった。

ピエトロ、あなたにはこの子が感じられない。今そうやって泣いていて、あなたの涙がわたしのとひとつになってはいても。わたしのうなじを流れ落ち、わたしの髪をぬらしても。

わたしをしっかり抱いていて。わたしは耐えられるほど強いかわからないから。今までも、けっして強くはなかったから。あなたはいつも言っていたね、この鎧《よろい》の下にいるのは、幼い女の子でしかないって。でも今あなたには感じられない、針が入ってくるのを、羊水検査のときみたいに。今度も、あのときみたいにちくっとした。でもロレンツォはまだ足を揺すり、とても大きくなって、わたしのおなかを蹴っている。最後の小さな一蹴り。あの明るい夜に初めてわたしを蹴ったときのような、ついうっかりしたような、小さめの一蹴り。

その後は、何もない。

ウィルソンが終わったと言った。

そう、終わったのだ。

わたしのなかでは、もう何も動いていなかった。わたしは立ち上がって、ホテルに帰ってもよかった。明日は摘出のためにまた来なければならないから、今は休まなければならない。

すべては順調だとウィルソンはわたしたちに説明した。予想より数分余計にかかったけれど、何もかも手順どおりに進んだだと。

その後には、色あせたひとこまひとこまが続いた。アスファルトを洗う雨。車までわたしに寄り添うピエトロ。彼のマフラーにくるまれたわたし。ロンドンの凍てつく午後。車内のぬくもり。ドラッグストアのブーツの前に止まった車。店のネオンを浴びながら薬を買うピエトロの、ウィンドウの向こうに映った姿。鉄のようにきらきらするアスファルトの上を歩いてくるピエトロ。閉じられた車のドア。戻ったぬくもり。装飾用の照明。ホテルの玄関。わたしをじろじろ見るフロント係。コンシェルジュ。カウンターの上のわたしたちのパスポート。スーツケース。シャンデリア。それからエレベーター。秋色の、快適そうな小さな部屋。わたしたちはまるでふたりだけで楽しい旅行をしているみたいだった。でもそうではなかった。死があった。わたしたちのそばに、わたしのなかに、そこらじゅうに。もとロレンツォがいたところに。

わたしは窓のそばに行った。カーテンに菱形の模様が描かれていた。その上に手を載せた。そのひとつを隠すようにして、もうひとつの不在を思わせる空間を埋めるようにして。そのときわたしは、ふたたび感じたような気がした。息子が蹴っているのを。

ロレンツォはまだ動いていた。

わたしはピエトロを呼んで、「動いてる」と言った。

「それに似た感覚は持つかもしれないって、ウィルソン先生が言ってたよ」と彼は言いながら、服むことにしてあるエンを用意した。

「違うよ、ピエトロ、ほんとにまだ動いてるのよ」

「あり得ないよ、ルーチェ。気のせいなんだよ」彼はそう言って、忘れるための通行証であるコップをわたしにくれた。

たしかに彼の言うとおりなのだ。

わたしは窓の外を眺めながら、コップの中身を一気に飲み干した。それはエンでも何でもよかった。今さら何の意味があるだろう。わたしはアリスだった。この世界という暗闇のなかで白うさぎを追うことに決めていた。外の建物が遠くの冷ややかな顔に見えた。窓はたくさんのつぶった小さな目だった。

見ないためのの。忘れるためのの。

言い伝えによると、羊水のなかの子どもは博識だという。彼らは過去、現在、未来、そして知るべきことのすべてを知っている。言語、しきたり、職業、危険、冒険、人生を。しかしそれから出産のまさにその瞬間に、神権によって習得したことの記憶を天使がかき消してしまう。母親の胎内から一気に娩出《べんしゅつ》されるということは形而上学的墜落を暗示していて、忘れることを余儀なくされ、破水によって開かれた通路はたちまち閉ざされてしまう。こうして一飛びでこの世に移るあいだに、母親の腹のなかで蓄えてきた無限の知恵は跡形もなく消えてしまうという。

それは伝説であり、神話であり、哲学上のひとつの説なのだ。そしてひとつの解釈でもある。わたしが七カ月のあいだに息子と紡いできた会話の。彼に話しかけ始めたそのときからわたしは、時間を持たない生き物に問いかけるようにして話してきた。わたしの考えていることの奥深い真実を、直観的で絶対的なやり方で理解できるだろうと思ったから。彼はわたしの身体のなかだけでなく、魂のなかにも生きているような気がしたから。そして、わたしが返事だとたびたび思ったかすかな蹴りはなくなって、今ではそのかわりに、動かない肉のかたまりしかなくなったから、わたしもまた習い覚えたことのすべてを無理に忘れ、知識習得へのゆるやかな歩みを、最初からやり直そうという気になっていた。

わたしたちはプリンスウィリアム病院の産科を通り抜けながら、ふたりの幽霊みたいだった。暗澹《あんたん》たる思いが、あたかもハゲタカのようにふたりの上を旋回していた。

ピエトロはわたしに、壊れ物を扱うようにして、こわごわ慎重に接していた。よく眠れたと言っていたけれど、夜じゅう眠らずにわたしを見守っていた。わたしのほうは抗不安剤のベンゾジアゼピンのおかげで、落ち着いた均質の眠りに身を任せ、夢ひとつ見なかった。やっと目が覚めたのは昼食のころで、目は腫れ、口は粘ついて、手はおなかから遠いマットレスの部分にしっかり置かれていた。もう動かない彼から遠いところに。

初めにしたのは泣くことだった。それから起きて、ブリオシュ半分の朝食を食べた。あとのことはすべてピエトロに任せていた。彼はわたしを持ち上げてバスルームまで連れていった。裸にしてからバスタブの底にゆっくり横たえた。わたしは彼の大きくて愛情のこもった手が、ホテルの泡立つ入浴剤で洗ってくれるのに任せていた。彼はその入浴剤を一瓶そっくり使ってしまった。わたしはシャワーの穴から水が出てくるのを見ていた。初めは雨みたいだったのが、肩に当たってしずくになって散り、ホルモンのせいで密になったうぶ毛のあいだを小川のように流れ、おなかをふたつに分けている色素の線に沿って滑り落ちた。メラニンの境界線はへその上を通っていた。星形のへその上を。その右側に見えているふたつ目の赤いかわいい花は最後の注射でできた穴で、わたしたちの罪の、打ち消しようのない証だった。上を通る熱い湯がその赤色を火と燃えあがらせた。わたしたちはふたりとも無言だった。ピエトロがガウンでわたしの身体をこすり、わたしのほうはドライヤーで髪を乾かしているあいだも。ただひとつ聞こえるのは、どこかのチャンネルにセットされたテレビが発する言葉だけだった。外国語の音声が静寂とまじりあい、溶けていった。

ロジャーズ医師は前の日の午後に中絶に同意した黒人女性だったが、その彼女がそのときのわたしたちの案内役になっていた。娩出のプロセスも彼女が進めてくれるはずだった。

わたしたちはその日の行脚の目的地である、その科の中央部に着いていた。廊下の磨かれたガラス扉はどれも、妊産婦が外から見えないように閉まっていたが、ダンテの環（訳注＝『神曲』の「地獄篇」のなかの、地獄を構成する九圏のうちの第七圏「暴力者の地獄」に、暴力の種類に応じて振り分けられる三つの環がある）のなかを思わせるそのあたりに響きわたる陣痛のうめきは、わたしたちにも届いていた。アンモニアと消毒薬のにおいに劣らずきつい汗のにおいが鼻をついたけれど、おなかに死を宿しているわたしには、その辺り一帯にあふれかえる生命のにおいは感じることができなかった。

ピエトロは目がくぼみ、ひげも剃っていなかったから、十歳は老けて見えた。彼はわたしを探っていた。いったいどこまで持ちこたえられるのかを測ろうとしていた。わたしは歯を強くかみしめたままだったので、しまいに顎に鈍い痛みを覚えた。わたしを待ち受ける痛みにくらべたら無に等しいほどの痛みだった。

医師は廊下に面した扉のひとつをあけて、簡素な感じの部屋へ入るようにとわたしたちを促した。アルミニウムの移動式手すりがついた電動ベッドが中央にあり、白い椅子が一脚と、青いゴムの床と同じ色の肘かけ椅子が一脚あった。バスルームもあった。どぎついほど艶やかなニスで覆われた空色のタイルを張った長方形のその場所には、便器と洗面台とバスタブがあった。鏡にはチューインガムが目を背けたくなる昆虫のように張りついていて、一国の文化は残念ながら、清潔さを基準にしては測れないことがわかった。

わたしは背中でひもを結ぶかたちのコットンの上っ張りをもらった。医師は部屋を出る前に、それを着るようにとわたしに言った。数分後に戻ってきて、わたしの膣内に陣痛を起こす薬を挿入するということだった。わたしはその薬を三時間ごとに、最初は膣内に入れ、その後は内服することになった。

壁には一般向けのポスターがあって、出産時の女性の姿が描かれていた。陣痛のピークで痛みを軽減し、子の娩出を助け、体力の回復を促すための姿勢だった。わたしの場合は手を貸してくれる人もなく、子宮は何もかも自力ですることになるだろう。でもそうしたら苦痛はさらに強く、罰はよりきびしいものになることだろう。そこの絵にあった女性は背が高くほっそりしていて、機敏そうだった。あるカットでは立っていて、もうひとつのでは膝をつき、また別のでは四つん這いになり、最後のでは身体をふたつに折っていた。外の廊下から、どこかの分娩室からだろうか、動物の呼び声のような引きつった声が響いてきた。わたしは聞いていられなかった。イラストの女性の、見かけは大きくてもたんなる絵でしかない腹を一本の指でさすり、それからピエトロのほうを向いた。

「自然なことだと思ってた」

「何が？」

「子どもを作ること」

ピエトロはわたしのそばに来て、その朝にしたような手助けをした。わたしをふたたび裸にし、上っ張りを着せ、ベッドの上に横たわらせた。まるで日常のいちばんささやかな営みまで彼に預けてしまっているみたいだった。

ビニールのマットレスの上のシーツは滑りやすかった。ベッドは寝心地が悪く、人間工学から生まれたものではあっても、わたしの身体には優しくなかった。横の手すりに触れながら、耐えることを自分に誓った。悪くすれば一日以上かかるかもしれないのだ。

ロジャーズ医師が膣に薬を入れるためにまた部屋に入ってきた。わたしの国の言葉ではないから、質問はしなかった。わたしはおとなしく足を開いた。薬剤が子宮のくびれに触れた一瞬は、うめき声を抑えた。それから医師が指を抜き、ラテックスの手袋をはずしてわたしにほほえんだ。その笑みはうわべとは裏腹に、無力感と哀れみに満ちていた。

それから数分後、わたしは震え始めた。ピエトロは恐怖からかと思ったようだけど、わたしは寒気がしていたのだ。震えがさらにひどくなったとき、彼は看護師を呼んで体温を測らせた。わたしの額は火のようだった。せかせかした若いラテン系の看護師が、わたしの口から体温計をはずした。数分のうちに三九度二分まで上がっていた。看護師が枕を整えているあいだに、下腹部を最初の痛みが襲った。ピエトロは目に見えないオーケストラの指揮をするようにして、麻酔専門医を呼んだ。その人はイギリス人で、緑色の上衣を着て丸い眼鏡をかけていた。ピエトロは直ちにモルフィネを与えてほしいと医師に言った。ピエトロはこの考えたくもない死に対して十分な支払いをしていたし、最善の対応をさせようと心に決めていた。

わたしは片方の腕に点滴の装置をつけられ、手にリモコンのようなものを握らされた。必要と思ったときにはそれを押せば、自動的に投薬されるしくみになっていた。「きみが苦しむのを見ていたくない」とピエトロは言った。でもわたしのほうは、ボタンは押さないことを知っていた。わたしはそれを、苦痛を感じなければならなかった。たぶんわたしは、罪滅ぼしとして自分に苦痛を与えたかったのだ。さもなければただ、苦痛にはわたしの気をそらせ、放棄し過誤を犯したという重苦しさから解放させる力があったためかもしれない。いずれにしても、そのときの苦痛はいつの日かわたしを助け、孤独感や罪の意識を和らげてくれると思った。

最初の陣痛は波のようにかぶさってきた。わたしは片側に身をよじりながら歯をかみしめた。頭のなかでイメージを描いた。今は晴れた日の午後で、わたしはカラマツの下に寝そべり、ヒースのしなやかな枝のあいだで本を読んでいる。でもそんなイメージは効かなかった。吐き気が胃をはげしく揺さぶった。めまいがして、汗が冷えきった。看護師がピエトロに洗面器を渡した。わたしはそこに吐いた。黄色い液にまじって白っぽいかたまりが出てきた。その日のあいだにやっと呑み込んだ食べ物だった。

わたしは起き上がろうとしたけれど、陣痛の波にベッドのほうに押し返された。ピエトロが気づいてモルフィネのボタンを押した。おなかのなかで何かが滑り落ちる感じがした。ロレンツォが動いて、数センチ下の腟の内壁のほうに下がったのだ。それからまた動かなくなった。
夜だった。わたしたちはその部屋にふたりきりだった。ピエトロは濃い青色の肘かけ椅子に座っていた。わたしはずっとベッドのなかで、熱と陣痛と吐き気に襲われていた。それは陣痛促進剤の副作用だった。ピエトロのレパートリーは出尽くしていた。口づけも、愛撫も、抱擁も。彼は決まった間隔をおいて、ただ「愛してるよ」だけを繰り返した。ほかには何も言わなかった。その言葉にそのときほど真心がこもっていたことはかつてなかった。

彼はあるところで席を立つと、ロジャーズ医師を呼んだ。ふたりは廊下の、あけ放したドアの向こうで小声で話していた。医師は部屋に入るようにと看護師に命じた。それは先ほどの愛想のない女の子で、その日は夜勤に当たっていた。

彼女は今度は解熱鎮痛薬《アセトアミノフェン》をわたしにくれてから、採血をした。血管を見つけるのに途方もなく時間がかかったから、わたしは別の苦痛も強いられた。彼女はただのひとこともなく、慰めの言葉ひとつかけずに、部屋を出ていった。

わたしは手をピエトロの手に預けたまま眠った。どれほど時間が過ぎてからか、陣痛による激痛に目を覚まされた。わたしはふたたび顔の向きを変えた。口のなかが燃えるように熱かった。ベッドの横の金属製の椅子に、女の人が座っているのが見えた。さっきまではいなかった。幻覚のようだったけれど、本物かもしれなかった。わたしの母親みたいだった。そうであってほしかった。なぜならそのときのわたしは、自分はあの母の娘だと、かつてないほど痛感していたからだ。

わたしはひっつめにした髪やこわばった表情を見つめ、それからゆっくりと、ほかのすべてに目を留めた。

それはわたしの母ではなかった。マティルデだった。ピエトロの母親だった。

彼女は胸を突きだしていた。目のなかに悪意のまじった気むずかしさがあることに気づいたとき、わたしはある疑念に襲われて身震いした。彼女が枕を持ちあげてわたしの顔を押しつぶそうとするのではないかと思ったのだ。

わたしは衝動的にピエトロのほうを向いた。手で空気をかき分けながら大声を出した。彼がわたしの上にかぶさった。「ルーチェ、しっかりしてくれ」と言ってわたしを落ち着かせようとした。

マティルデが挨拶のつもりか、ちょっとだけうなずいた。

「誰にもいてほしくないの」わたしはざらついてしわがれた声でピエトロに言った。「約束して」

ピエトロはため息をついた。

マティルデの姿はたちまち部屋を出て、幻影のように消え去った。ピエトロはわたしを気が狂《ふ》れた人を見るような目で見ていた。そこにいるのはふたりだけだった。ほかには誰もいなかった。

千年にも思える十三時間が過ぎた。わたしはまるでそのなかで生まれ、その部屋の外には何も見たことがないかのように思えた。陣痛の間隔はますます短くなり、猛獣が繰り返しかじりながら、ゆっくり食い尽くそうとしているみたいだった。わたしもここで死ぬのだろう、という気がした。

わたしは疲れきっていた。わたしの身体は七カ月も休みなくはたらき、へとへとになりながら、細胞から細胞へ、組織から組織へと、生命を紡いできた。そうした骨折りはいったい何のためだったのだろう。すべてはここに到達するため、出口のないこの地獄にたどり着くためだったとか。わたしの身体は疲れすぎていて、子宮口がやっと一センチほど開いたと聞いても、驚くこともできなかった。ロジャーズ医師は心配そうで、指を一本わたしの膣に差し込んだ。あと数時間もすればクリスマスで、彼女は勤務を終えて家族の待つ家へ帰るはずなのだ。わたしが急いで子宮口を広げなければ、もう彼女の助けも受けられない。

医師とピエトロはふたたび廊下で熱心に話を始めた。彼は身振り手振りをはげしくまじえて、何かを英語で話していた。それから麻酔専門医も一緒に部屋に入ってきた。

医師たちは子宮口を開きやすくするために、硬膜外麻酔《こうまくがい》を勧めたけれど、わたしは断った。ロジャーズはいずれにしても、人工破膜して破水をさせることにした。

わたしはふたたび足を広げた。医者は先のとがったものを手に持っていたけれど、それが何かはわからなかった。わたしはそれが体内の奥深くに毒蛇のように登っていくのを感じ、その後かぎ裂きにされたような、もりを打ち込まれたような感じがした。

わたしは鋭い悲鳴を上げた。

その瞬間から痛みは耐えがたくなった。その後の陣痛でわたしは身体をふたつに折った。額を金属製の手すりに押しつけながら、どこから来るのかわからない、怒り狂ったような低いうめき声を発した。ピエトロは背中をさすってくれたけれど、わたしは彼に「向こうへ行って!」と、どこかへ行ってしまってと怒鳴った。

わたしはもう我慢ができず、鎮痛剤が必要だった。ベッドの手すりにしがみついて、必死の思いで薬を求めた。そのあいだもおなかのなかの鋼鉄のペンチは、ロレンツォのまわりで締まり続けた。わたしは彼に出てほしいと願い、わたしをほっといてと願いながら、そんな自分を憎んでいた。

麻酔医がわたしにベッドの上に座るようにと言ったけれど、わたしは焼け焦げてしまいそうだった。ロジャーズはわたしを助け起こそうとした。彼女が引っ張り上げているあいだに、わたしはふたたび絶叫を発した。背中に麻酔針が刺さったことにも気づかなかった。痛みは内臓の隅々にまで広がっていた。火だるまになってしまいそうだった。

数分後、麻酔薬がその柔らかな作用でわたしを包み、わたしは落ち着いた。わたしはシーツの下で足を広げていた。ロジャーズがときどき開き具合を調べた。陣痛は消えつ戻りつしたけれど、薬のおかげで楽になった。

わたしは彼を押しだそうとしていたけれど、痛みが軽減した後は、一方のわたしがなかに納めておこうと抵抗した。しかし動きは抑制できないものだった。陣痛のたびに彼は数センチを稼ぎ、わたしの頭はそれを阻止しようとしたけれど、わたしの身体はもうわたしのものではなくなっていた。抵抗し、身体に命令を発しようとしたけれど、わたしの

ロジャーズはシーツを持ち上げて、「頭が見えますよ。ほら、いきんで。さあ、いきんで」と

英語で言った。

そんなことはわかっていて、わたしはいきまなければならなかった。医者はわたしにそれを求め、ピエトロもわたしの額に手を当てながら、「いきんで、ルーチェ」とけしかけた。「いきんで」医師はしつこかった。

わたしはしまいに降参した。

ロレンツォは液体のようなものと一緒にすべり落ちるようにして出てきた。水差しが壊れて中身がシーツの上に散らばったみたいだった。ピエトロは見せまいとしてわたしを両腕で覆った。でもわたしは感じた、わたしの身体を離れたロレンツォを。とても小さいのに、計り知れないほど大きかった。鼓動する心臓のように。神のように。

看護師が血液を吸わせるために尻の下に小ぶりの吸収マットを敷いた。わたしはするに任せていた。わたしは空っぽの袋で、壊れた殻だった。もう粉々になっていたから、どうしたってもとのようには戻れなかった。

長すぎるほどの時間が過ぎたとき、ロジャーズが白いかごにロレンツォの身体を入れて戻ってきた。彼女と一緒に司祭がいた。インド人で、祝福のために来たのだった。

わたしはそのつるをよりあわせた入れものに目を凝らした。ロレンツォはそこの、わたしからほんの一歩のところにいた。でもわたしは、見ることができなかった。司祭が祝福しようと手を上げた。ピエトロが横に並んで、かごの縁から覗き込んだ。彼はロレンツォに触れた。

それからみんなは部屋を出ていった。

ついに死ぬときが来たとわたしは思った。でもわたしは呼吸をし続けていた。わたしは何もせずに、何の被害も受けずに、彼がその棺の代用品に入れられて行ってしまうのを見ていた。ちっぽけなかごに閉じ込められた神。短すぎる手足と、狭すぎる胸と広すぎる胃を持って、クリスマスの夜に人間になった神。やせて悲しそうな目をしたインド人の司祭に委ねられて部屋を出ていった神。

どこかに行ってしまった、どこまでも遠くへ。

わたしの外の。

第二部

主が彼らをそこから地上の至るところに散らされたので
彼らは町を築くことをやめた。

（創世記第十一章八節）

わたしは子どものころ、ホタルを手でつかみ、光の秘密を見つけるためにつぶしてしまうことがよくあった。掌をあけてみると、死はわたしの前に、何の魅力も神秘もない昆虫になって現れた。光の向こうにはそれしかなかった。つぶれて死んだ昆虫しか。

わたしたちには夏の日々を海沿いの松林で過ごす習慣があった。今でも記憶に残るそのキャンプ村は、殻をむかれた松の実と、桃の味がする冷たいお茶と、母の黒っぽい肌に塗られた日焼け用クリームの、まろやかな香りがしていた。

海岸の施設のひとつにプールがあった。母は海が怖くて、海は危険だし汚いと言って、昆虫や葉っぱでいっぱいのその人工的な空色の水たまりでしか水浴をさせてくれなかった。

昼食の後母は、油をたっぷり吸ったドーナツみたいになって日光を浴び、四時になるまでは水浴をしてはいけないと言った。わたしは食べ物が消化されるまで待っていなければならなかった。そのいつ果てるとも知れない待ち時間のあいだわたしは、母——ぴったりした花柄の派手な水着を着ていた――の無頓着をいいことにして、太陽の下で時間をつぶすために、死やお話と戯れていた。

ふつうプールの水は、恐ろしいほどいろんな昆虫で覆われていた。テントウムシ、スズメバチ、アリ、ゴキブリなどの。彼らはそろって溺れ死ぬ運命にあった。でもわたしは彼らを差別することができた。黄色い水着を身につけ、縮れっ毛の先っぽを日の光で金色に染めた八歳の女の子に、その日だけ神の力が備わった。自然の掟に逆らって昆虫たちの生命の行く手を変える力が。

わたしはまずテントウムシを助けることにして、彼らに支えとなる松の針を差しだした。それから彼らが半信半疑で、木でできた針に未熟な軽業師のようにしてしがみつくところをよく見ていた。そうしながらいろいろ考えた。それでわかったのは、羽を広げて飛び立つ前に、だいたい数分は間をおくということだった。

刺されるのが怖いから、ミツバチやスズメバチを助ける気にはなかなかなれなかった。ゴキブリの場合は、嫌悪感を克服しようと努めたけれど、ときには間に合わなくなることもあって、そんなときには、彼らの死骸が噴出する水の流れに押されながら水面を漂っているのをただ見ているしかなかった。

アリは多すぎたし小さすぎた。なかには助けようとするわたしの目に入らないのもいた。わたしの選択は無邪気で気まぐれだった。でもだからといって、ただ死ぬのを見ていたことを悔やまないわけではなかった。

ある日二匹のアリで、一匹は大きく一匹は小さいのが、フィルターの近くを一緒に浮いていた。

大きいほうはまだ生きているようで、前足を小さいほうの身体に引っかけていた。たぶん母親と娘なのだとわたしは思った。するとわたしはふいに、二匹をキヅタの葉っぱに乗せて、クッションの上で暖かい太陽の光を浴びさせてやりたくなった。小さいほうは動かなかった。母親はなすすべもなく、その子のまわりをぐるぐるとまわっていた。

たぶんわたしは二匹とも溺れさせてやればよかったのだ。

朝わたしは、目が覚めたとき胎内にまだ彼がたしかにいると思うこともあった。寝起きのぼんやりしたなかで、手を腹部に当てて彼を探した。でもそこには大きなおなかのかわりに、荒らされた空っぽの袋しかなかった。おなかはもうなかった。皮膚を見て頭に浮かぶのは、巡業が終わって力なくたたたまれた幕のようなものだった。

ロレンツォはもういなかった。その家に来て住むことはもはやなく、彼の部屋はいつまでか、閉ざされたままになるだろう。わたしはピエトロに、何も動かさないで、何もかもその場所に置いたままにしておいて、と頼んだ。朝はベッドから起き上がって気持ちを励まし、不在という現実と共存することを覚えるようにと、自分に言って聞かせなければならなかった。

その日は大晦日《おおみそか》だった。ピエトロは居間でテレビを見ていた。ニュースは、国中の家々やレストランの活気に満ちた新年の準備の様子と、少なくとも地球の裏側ではすでに終わっているはずの祝典とを、かわるがわる伝えていた。そのお祭りのおかげで、わたしたちはその数日、一息つくことができていた。わたしたちを気にかけるには、誰もが忙しすぎたからだ。

わたしたちは平静を装うことができた。

しかしピエトロはソファからときどきわたしを観察し、ありのままのわたしを捉えていた。引っ越し用のトラックが運び去ってしまった家具の跡が、壁にくっきりと長四角を描いている家。コンセントが、絵を留める鋲《びょう》や玄関の衣装かけのように、役目をなくしてしまった家。ピエトロがわたしを見ているとき､彼が見ているのはそれ､見捨てられた家だった。住む人のいない場所だった。

わたしはバスルームに入った。タオル地のマットの上にパジャマのズボンを滑らせ、シャツを脱いだ。

これはわたしの身体なのだ、と鏡の前で考えた。以前には住人がいた。そこは開かれてから閉じられた。ホルモンを浴びせられ、薬剤で浸され、水分がたまって皮膚がつっぱった。そして今は、パイプが壊れて中身が漏れだしたときの壁の漆喰《しっくい》のようにぶよぶよしている。それはもはやかたちも目的も失った、役立たずの身体だった。血の滴った傷口で、医者たちの言うところでは、いまだにかなり出血しているようだった。それはもはや母親の身体でも少女の身体でもなかった。バストは少なくともふたサイズ上になり、乳輪は黒ずんで二センチばかり広がったけれど、ロンドンの病院を離れる前に乳汁の分泌を止めるホルモン剤が投与されたので、その胸も、新しい生命を養う女性が持つ、生気あふれる貴重なものではなかった。顔はむくんでやつれていた。上唇には肝斑《かんぱん》（訳注＝妊娠中やホルモン薬の服用中などに現れることがある皮膚の変色）らしいものが色濃く現れていた。それは遠くから見るとひげのように見えた。皮膚は数日前まであった艶を失っていた。

ロレンツォは立ち去る前にありったけの明かりを消していった。でも扉を閉めることだけは忘れていた。しかしそこにはもう、運び去るべきものは何もなかった。

わたしはそれまでの人生の最後の年月を、排卵日と月経周期をバスルームの壁にかけたカレンダーに記入しながら過ごしていた。今年のカレンダーには、七月に入ってから、おなかに宿るものに顔を与えるために、週ごとに胎児の変化を記録した。たいていはわたしだけにわかるバツじるしだったけれど、吐き気、わたしの身体の変化、ロレンツォの成長、胚の段階から胎児の段階への移行、臓器や骨や関節などの形成と成長などをチェックした。大事だと思った節目はすべて記録したのを覚えている。味蕾《みらい》が形成されたと思われる日、音が聞こえ始めてわたしの声を聞き分けるようになったらしい日とか。二十六週目には、妊娠のガイドブックによれば、目が開いて、わたしのおなかを見ているはずだった。そのときからまだ優に二カ月は彼の家であるはずの、脈打つ赤い世界を。

目の前には最後のページが開かれていた。そこにはプロヴァンスを描いた水彩画があり、冬の雪をかぶって純白になったビャクシンの林の向こうに見え隠れする湖が描かれていた。その月の最後の日々は空白になっていたけれど、メモすることは何もなかった。書き留めるべきことは詩句のように、あるいは幼いころに覚えた童謡のように、記憶のなかに結晶になって残っていた。祖母が錯乱した頭で声高に歌っていた歌のように。彼女の記憶のなかには、子どものころの思い出しかないようだった。

わたしはそのカレンダーをめくりたいともかけ替えたいとも思わなかった。ときは、少なくともその壁の上では、十二月のまま動かなかった。

窓の外のハンカチーフのかたちの空は光に満ちあふれ、光は街や建物に降り注いでいた。街は新年を大騒ぎで迎えていた。午後じゅう鳴りやまなかったクラッカーがＢＧＭになってまだはじけていた。わたしたちは夕食に野菜スープ《ミネストラ》とチーズを一かけ食べて八時にはベッドに入ったけれど、眠りはしなかった。十二時になると、時報がわりに花火の爆音が響くのを聞きながら、おめでとうを言いあう元気もなかった。その年は新年までのカウントダウンもなく、携帯電話にメッセージがいくつか入っていただけだった。それは事情を知っている家族や友達からの伝言で、その夜のばか騒ぎのなかでわたしたちに思いをはせるものだった。

その不在感はやがてわたしを破滅させてしまうかもしれなかった。今ではハムスターのベンジャミンが理解できた。彼女が小さな子どもたちをがつがつと無造作に食い尽くしていた光景が蘇った。今のわたしには彼女がなぜそんなことをしたのかよくわかる。彼女は子どもたちを自分の体内に戻したかったのだ。

窓の向こうでは雨がはげしく降っていた。

「しっかりしなきゃ」とピエトロが言った。「前を向かなきゃ」

彼の声のなんと遠かったことだろう。それは愛する男の、息子の父親の声だった。彼はすぐそこの、わたしの後ろにいた。それなのにまるで向こうの部屋から聞こえてくるみたいだった。わたしたちを分けるようにして硬いコンクリートの壁があり、あかずの扉があるかのようだった。彼がなんとかしてこちらに入ろうとしているとき、わたしはそんなことを考えていた。彼は扉を蹴り、壁に向かって叫び、突撃した。あらゆることを試みながら、なんの成果も得られなかった。わたしは空っぽの家のなかの、守りの堅い部屋だった。そこは破壊され略奪された家で、どんなに頑固にねばってもその扉は開かなかった。

友人たちは距離をおいていた。わたしたちのたぐいの苦しみは不用意な人を驚かせ、打ちのめしてしまう。ことのいきさつを知った人は多くはなかった。ピエトロはいちばん親しい人にしか漏らしていなかった。それなのにその知らせは電話口から電話口へと伝わって、そのあいだにどんなふうに肉づけされ、どんなふうにそがれたか、どんなふうに変わっていったのか、知りようもなかった。

子どもを持つ友人たちは、わたしたちに子どもができないということ以上に当惑したことだろう。わたしは彼らに会わない口実をでっち上げた。彼らの家はまるでよその国だった。わたしは宣戦布告をされているみたいだった。家は洗濯物や、セモリーナ・パスタを浮かべたスープや、汚れたおむつなどのにおいがした。子どもの泣き声や叫び声やいたずらではちきれそうだった。そこはおもちゃの電車やフラシ天（訳注＝ビロードの一種）で守られていた。そこには逃げ場がなかった。

ジョルジャとパオロは一カ月かそこらで親になろうとしていた。ジョルジャの子どもを見たら、わたしの子も同い年だと考えることだろうと思った。そしてその子に会うたびに、わたしとその子の母親がそろって妊娠していたころを思いだすだろうと。ジョルジャの目の輝きを思いだし、母になれないという不幸の前兆のようにわたしを襲った、耐えがたい苦しさや吐き気を思いだすことだろうと。

それからイヴァンとネーリがいた。彼らはいつもと変わらない調子で電話をかけてきた。なんなら会おうか、おしゃべりでもしようかと言ってきた。人に会いたいという気持ちが戻ってきたとき、最初に会うのは彼らだろうと思った。


姑はピエトロに言い含めていた。「細かいことまで言う必要はないのよ。ロレンツォはうまくいかなくて、なくしたんです」と言えばいいのだと。だからピエトロは誰かに会うたびにそっくりそのように言っていた。子どもはなくしてしまったのだと。鍵束でもないしトランプでもないのに。マンションの守衛やクリーニング店のおばさんに会ったとき、「ところでいつ生まれたんですか？」と訊かれることがあった。そんなとき答えるのはピエトロに決まっていて、「残念ながら子どもはなくしたんです」と返事をした。すると凍った水をバケツ一杯持ち上げるようなことが起きた。誰もがそろって顔をこわばらせたのだ。不幸を知ったときの反応は決まっている。言葉を失うか、さもなければ陳腐な言葉を並べるかなのだ。

でもわたしたちのみたいな不幸は特別で、知られていないものだから、理解もされない。ある人は「残念なことだけど、よくあることですね」と言い、またある人は「まだ若いんだから、すぐに次の子を作ればいいでしょう」と言う。こうして、**なくした**子で、**残念だけどうまくいかなかった**子であるロレンツォが、突然、取り替えが利くものになる。害も与えずに空を横切る流れ星に。

わたしは彼の顔を見なかった。彼が病院のその部屋を離れるとき、わたしは筋肉ひとつ動かさなかった。ピエトロのほうは彼を愛撫し、彼の片方の手を指のあいだに握りしめた。ロレンツォがどんなだったか、どんな気持ちがしたかなど、わたしが拒んだから、彼はひとことも言わなかった。でも彼は、自分に対してもロレンツォに対しても安らかな気持ちでいられたからこそ、葬儀のためにロンドンに戻り、遺灰をイタリアに持ち帰って、家族の墓に納めようという気になれたのだ。「また作ろう、ルーチェ。なるべく早く作ることにしよう」と彼は言う。そんなことを口にする気力はどこから生まれてくるのだろう。わたしは彼に骨が痛むと言いたかった。でもそんなことは、息子が味わうことになったはずの苦痛にくらべたら、無に等しいことを知っていた。だからこそわたしたちはそうしたのではなかったか。過酷な人生を送ってほしくなかったから。

でもあの子は行ってしまったんじゃないの、ねえ、ピエトロ。まだここにいるの。害も与えずに空を横切る流れ星どころか、あの子は何もかも壊してしまった。破壊し尽くしてしまったのよ。あなたがそれでもまだしっかりしていられるなら、それもいいでしょう。でもあたしはだめ。身代わりなんか考えることもできない。まるで靴か、さもなければ走りすぎた車みたいに。あたしはもう何もできないの。

夜わたしはふいに目が覚める。泣き声がするのだ。それは彼の部屋から聞こえてくる。心臓の鼓動が喉もとまで迫ってきて、わたしは取り乱し、無防備になる。ピエトロが落ち着くようにと言う。わたしの身に何が起こっているのか、彼には言わない。かごのなかのあの子は見なかったけれど、毎晩彼を見るし、彼の部屋の前を通るたびに見ていることを打ち明けない。わたしは部屋にまだ包装を解かないで置いてある空色のゆりかごのなかで、彼がわたしを呼びながら、「ママ、どうしてぼくをひとりにしたの？」と言うのを見ている。彼は泣き、泣きやまないけれど、どうしていいかわからない。わたしはその悲痛な呼び声を聞きながら茫然としている。我に返ったときにはさらに悪い。なぜって彼の哀訴すらなくなって、わたしには何ひとつ残っていないのだから。

わたしたちはそこにいてはいけないのだ。三時間ごとに交代に起きてその子の世話をしなければいけないのだ。疲労のために目に隈《くま》を作りながら、その国を自由に出入りする喜びを味わわなければいけないのだ。寂しいカルスト地形の一帯をさまようばかりで、誰も喜んで助けてはくれない、耐えがたいほどの静けさの生《い》け贄《にえ》になっていてはいけないのだ。まるで彼のことを話すだけでも間違いで、滑稽で場違いなことででもあるかのように。世間の人は、彼の存在を無視して、起こったことは忘れるほうがいいと考えているようだ。わたしもできればそうしたい。でもそんなことはできない。**信じて、ピエトロ、わたしもそうしようとしているの。でも彼が出ていったとき、勇気を出して顔を見ることもしなかった、そのことがおそらくもっとも大きな間違いだったの。**

ピエトロはゆりかごとおむつ交換用のテーブルを買った子ども用品の店に電話をかけ、まだ包装したままの品物を返品して、そのかわりにほかの物を買うための商品券をもらえるかと訊いた。

わたしはそれに抵抗した。彼は気分を損ねたのか、いつまでもこだわっていないでまともに考えてみてほしいと言った。ロレンツォの部屋を霊廟《れいびょう》に変えてしまうことなど、受け入れがたかったのだ。彼は買った衣類や人から贈られたものをすべて袋に詰め込んで、教区教会に送ろうとした。でもわたしは、息子の品々を手放したら彼と決定的に別れてしまうような気がしていた。ピエトロにはそんな気持ちが理解できなかった。誰かが死んだときにはそうするのが通例で、それは儀式の一部であり、一種の道義上の義務であることはわたしも知っていた。わたしは母が、父の衣類を寄付するためにいくつかの山に分け、「比較的よいもの」は義弟にあげるつもりで分けていたのを覚えている。幼かったわたしは父の厚手のセーターを眺めながら、父が最後にそれを着たときのことや、それを着こなしていた父の身体つきを思いだそうとした。そうしたことのひとつひとつが、父の記憶を生き返らせた。今のわたしは、新しいニスのにおいがする引きだしにまだラベルをつけたまきちんと収められている、息子のカバーオールを眺めている。でもそこに、いたずら書きや刺繍を汚す食べかすなど、生きた痕跡《こんせき》のひとつひとつを認めることはできない。わたしにできるのは、その部屋の壁に、七カ月のあいだわたしに連れそってくれた空想や幻想を投影させることだけなのだ。それがわたしが持つすべてだったから、手放す気持ちにはなれなかった。

ピエトロはうんざりしていたけれど、わたしの無気力がそれをさらに助長した。彼はわたしが、ふたりの日常を取り戻すこともできないほどへたばっていることに気がつかなかった。しまいにわたしたちは、店の誰かがまだ包装を解いていない品を引き取りに来ることで折りあった。そのほかのものはすべて箪笥にしまったままにしておくことにして。部屋には手を触れないことにして。子グマのイラストが入った細長い壁紙と、四分の三まで塗りおえている空色のニスの跡を含めて、そのままにしておく。いつまでかはわからないけれど、ドアも閉めきっておく。ピエトロはわたしが出した条件を受け入れたつもりでいた。おそらく彼は、子どもはまた作れると考えていたのだろう。わたしは何も考えていなかった。

障碍を負った子どもに出会うたびにわたしは、ロレンツォを見るような気がした。

彼らの手を引く親たちの根気と苦しみを思い、自分はするべきことをしていないという気持ちに打ちのめされ、運命をはぐらかしてしまったのではないかという思いにとらわれた。今そこに、その暗闇のなかに無防備なままいるのではなく、彼らのようになるべきではなかったかという思いに。

「状況はさらに悪くなっていたかもしれない」と言う人もいたけれど、その人が何を言いたいかはわかった。ロレンツォと手をつないでいるピエトロとわたしは、世間から取り残されて、毎日周囲と闘っているかもしれない、と言いたいのだ。でもわたしは、そういったことのすべてを、起こり得る最悪のことだとはまだ思えなかった。わたしのなかの一部は、**もしもやでも**との格闘を続けていた。


わたしは『マイ・ショッキング・ストーリー』というタイトルのドキュメンタリーシリーズを見つけた。めったにない病気や、身体の動きを不自由にするハンディキャップのために、極限の状況を生きている人びとのショッキングな話だった。以前は気にも留めなかったけれど、今のわたしには、苦しむ人が至るところにいるように思える。いずれにしても、その種のテレビ映画に登場する人びとは、考慮に入れなければならない存在として、わたしの目には映った。限界的な状況に置かれているうえに、まるでショーウインドウにいるように、他人の目にさらされながら生きている人びと。ショッキングなストーリーのひとつひとつにわたしは苦しみ、同時に慰められもした。自分の子どもに、ドキュメンタリーのカメラに狙われるような人生を、どうして望むことなどできようか。

まれなタイプの低身長症を持つ若い女性がいて、彼女はテレビショーのカメラに、「新しいタイプの母親」としての生活を撮らせていた。彼女には染色体異常もあったから、できないことがたくさんあって、車椅子の生活をしながら、健康上の問題もいろいろ抱えていた。そんな状況にありながら彼女は、一メートル九〇センチの男性を見つけ、彼に愛され、おかげで子どもまで作ることができた。その子が同じ病気を持って生まれる確率はふたつにひとつだったけれど、それでも彼女は運命に挑むことにした。子どもはもっとほしいと彼女は言い、ふつうのママになれればいいと言う。でも夫は彼女を、まるで幼児を抱くように腕に抱いて歩いているのだ。そして今、ふたりのあいだには新しく生まれた女の子がいる。二番目の子は信じられないほど小さいけれど、それでも母親には大きすぎて、落とす危険なしに抱くことはできない。彼らの頭上には巨大な疑問符がのしかかっている。その女の子の将来はどうなるのだろうか。母親と同じように、生きる意欲を持つだろうか。「世界一小さいママ」と呼ばれるその女性は、ボーリングのレーンに球を投げようと床の上を這うように動きながら、テレビカメラにほほえみかける。何度失敗してもめげずに、並々ならぬ努力の末にピンをいくつか倒す。わたしは彼女のエネルギーに衝撃を受けた。

彼女はふつうの人のようでありたいと願い、低身長症を患う人たちに会いたくはない、なぜなら彼らに奇妙な影響を与え、気分を損ねるからだと言う。それについてはわたしにも考えがあっても、自分の考えを声高に表明することなど、わたしにはとてもできないだろう。その小さな女性の選択はエゴイズムの所産なのだと言うことなど。たぶんわたしのしていることは差別なのだ。なぜならハンディキャップを持つ人に甘く接し、罪もない子らに不利な人生を送らせることを、黙って見ているわけだから。でもそう考えることも間違いなのかもしれない。祖先の呼び声に応えて本能的にしてしまう行動のなかにある、モラルと本性とのあいだの目に見えない境界は、まさにそこにあるのだ。

ピエトロはわたしがそんなドキュメンタリーを見ていることに我慢がならなかった。わたしをマゾヒストだと非難し、人生への信頼をなくしていると言ってとがめた。

「それも人生だとは言えないよ、ルーチェ。ただの例外だよ」と彼は言う。

「それならあたしたちも例外だわよ」とわたしはやり返す。「ショッキングな例外よ」

わたしたちはいったいどこに行き着いたのだろうか。ふたりともそこの空っぽの大きな家に捕らわれたまま、暴風雨に屋根を剝がされてしまったかのようだ。友人も家族も知人も道を通る人たちも、残骸のなかのわたしたちを窺《うかが》い、同情の視線でわたしたちの傷をうずかせる。彼らはわたしたちを醜い人間にしようとしていた。わたしたちはもはや以前のわたしたちではなく、まさに危機にあるカップルだった。

もしかしたら、無力なのはわたしだけかもしれなかった。ピエトロは彼なりに反撥し、残骸のなかに道を切り開いていた。毎朝コーヒーを飲むことができたし、ネクタイを結ぶこともできた。公現祭《エピファニア》（訳注＝一月六日の主の公現を祝う祭り。東方の三博士がイエスの誕生を祝って来訪した）が終わると仕事に戻り、カメラで写真まで撮り始めた。義務と敬意の気持ちから死んだ兵士を背負うように、自分の人生を背負っていた。毎朝自分の二十四時間とともに家を出る彼を見ていると、長編の冒険映画の最後を飾るヒーローのようで、苦難にもめげず晴朗として、仕事を成し遂げた自信に満ちてはいるが、そのじつ、二時間にわたる戦いと追撃を今終えたばかりの男のようだった。わたしはそんな彼がうらやましかった。なぜならどういうわけか、彼は無傷のままでいるように見えたから。

わたしは雑事にしがみついた。家具や食卓を磨き、ベッドのシーツを直した。キッチンにがらくたを集め、乱暴につぶし、苛苛しながら床にたたきつけた。そんな仕事は放っておいて、メイドに任せることもできたのに、自分でしなければ気が済まなかった。それは考えることを停止させ、消音装置《サイレンサー》をかけるための方策だった。

もしわたしがどこかの従業員だとしても、出産休暇を要求することもできなかっただろう。数日の病欠は許可してもらえたかもしれない。わたしの身体は出産直後で疲労していて、骨もまだ修復中だったからだ。内分泌腺はさかんにホルモンの放出を続け、まるでジェットコースターの上で生きているようだった。雑誌の編集部は何度か電話をかけてきた。ポストを失ったり、苦労して築いてきたものを何もかも無にしてしまったりするリスクを冒さないためには、仕事に励まなければならなかった。しかし書くことは、毎日のなかのどんなことより手に負えなくなっていた。窓の外の世界を眺めても、目に入るのは大騒ぎをしているアリの巣だけだった。アリたちは今にも庭番がホースを持ってやってきて、すべてを無に帰してしまうのを知らないのだ。

コラムを書いたり、受けとるどんな手紙にも返事を書いたりすることは、意味のないことのように思えた。わたしの言葉が何千という言葉に届いて、そのあげく耐えがたいほどの大騒ぎが起こる。ふいに後ろを振り返って、それまでに受けとったあらゆる身の上話を頭のなかで反芻《はんすう》してみると、意味のある返事などただのひとつも書けたためしがないような気がしてきた。わたしは空虚なことを書き連ねていたにすぎなかったのだ。

わたしは抽象画みたいで、解釈するには想像力を旺盛にはたらかせなければならなかった。ピエトロはその努力をしていた。そしてたぶん母も、わたしからなんらかのヒントをもらいたがっていた。

わたしはときどき、朝起きるとまず初めに、わたしのような例を扱う本を少なくとも一冊は見つけるつもりで、近くの本屋に行った。わたしと同じ地獄を通った人が書いた本を。でもそんな本はなかった。見たところでは、治療的中絶（訳注＝選択的妊娠中絶）はいまだにタブーになっている数少ないテーマのひとつのようだった。

家ではコンピューターの電源を入れて検索エンジンを開いた。左上の四角形に「中絶」と「治療的」という言葉を入れると、ある世界が開けた。それは別世界で、ブログ、フォーラム、検索サイト、アドバイスのリクエスト、願望を込めたメッセージなどからできていた。

わたしの目に、いわゆる良心的中絶反対者であるひとりの医者へのインタビューが真っ先に飛び込んだ。彼は、「治療的」という言葉を染色体異常のある胎児の妊娠の中絶に結びつけることは適当ではない、と言い切っていた。それよりむしろ本来の呼称で呼ぶべきだと言って、「嬰児《えいじ》殺人罪」という言葉を明示していた。そして親たちには、取りかえしのつかない選択をする前に、ハンディキャップを受け入れて、それを十分に尊重するように教える必要があると説いていた。

その人はどんな家庭環境にいるのだろうかとわたしは思った。ハンディキャップや何らかの骨格異形成を実際に手がけたことがあるのだろうか、あるいは骨折したときのありふれた痛みだけでも知っているのだろうかと。胸が次第に心臓や肺を圧迫してついには息を止めてしまうときの苦しみにくらべたら、骨折の痛みなど無に等しいことを知っているのだろうかと。

しかしそのときも、わたしの注意をとりわけ引いたのはネットだった。ネットはわたしの毎日の掟のような沈黙を破って、わたしにも居場所があることを教えてくれた。嬰児殺しという赦しがたい冒瀆《ぼうとく》的行為をやってのけた無法者としてではなく、自分の一部を奪い取られた母親として、苦しみながら自分の選択の結果を償おうとしている女として存在していることを。わたしはあるフォーラムに出会った。そこは、中絶をした後、自分の体験に向きあっている女性たちの生の声を集めた、密かな場所だった。

わたしが興味を引かれたセクション――女性向けのごく一般的なフォーラムのなかの――は、妊娠中絶を扱っていた。そこには自分の意思で、あるいは流産の際に子宮内容を除去した女性たちと並んで、わたしのように、染色体異常を持つ子どもをこの世に送るかどうかのジレンマに直面した女性たちもいた。彼女たちの発言のいくつかを読むと、喪失感や挫折感、あるいは表現する言葉が容易に見つからない苦しみを抱えているという点で、気持ちをひとつにできるような気がした。

参加者の多くはハンドルネームやアイコンを使っていた。けれどもなかには、体験した日々の写真をネット上に公開し、顔を載せる人もいた。仮名の多くは、「絶望した女」、「ひとりぼっち」、

「悲しいママ」のように、経てきた体験から思いついたものだったが、アニメや童話から取ったものもあった。「セーラームーン」は母性についての詩を寄せ、「小妖精」はなくした子どもの誕生日を祝っていた。ウェブに集まったそれらの小さな写真やあらゆる名前の背後に、暗闇から抜けだした女性たち、社会から得られなかった慰めを見つけようと、身を潜めていた地下壕から出てきた女性たちがいた。そこは、ほかでは見つけることのできないはけ口だった。

なかには違っているようでよく似た話もあった。「メアリー78」はおなかにいる子が小頭症を持っていることがわかったけれど、中絶する勇気がなかった。連れあいがなくひとり身の彼女は、親しい人たちの助言を受けて、フランスで出産することにした。フランスには子どもの運命を引き受けてくれる施設があることを知ったからだ。彼女の考えは、孤児院に入れられた子どもたちの例にならって、匿名で子どもをそこに置いてこようというものだった。けれども唯一ほかの子たちと違うところがあった。それは、彼女の子どもには養子の口がないだろうということだった。しかしその施設は、子どもを養う場所としては最良の部類に格づけされていたから、彼女の選択はもっとも適切で無難なものに思われた。メアリー78は、自分は大丈夫だ、十分に強いと思い込んでいた。ところが何カ月も罪の意識に苛《さいな》まれたあげく、親しい人たちの意向には背くし経済的にも楽ではなかったのに、子どもを取り返しにフランスへ行くことに心を決めた。けれども考えを変えるには期限があることを知らなかったから、息子を取り戻すために、いまだにフランスの役所ともめていた。

この話が真実で、メアリー78が実際に存在するのか、それともその名前の裏に誰かがいて、その人が論争を起こそうとしているのか、わたしは知らない。ウェブ上ではそういう可能性も考慮に入れなければならないのだ。いずれにしても、メアリー78の手紙には多くの返事があった。「ひとりぼっちのジュリア」は、いったいどんな勇気の持ち主なら、そんな子どもに施設でみじめな思いをさせることができるのかと書いていた。「メランコリー」は、社会はときとして、中絶を避けることに決めて自分で産んだ子を病院の世話に任せる人をよき手本として挙げ、一方で、病児を宿している人が、多くの場合選択の余地がない状況で、中絶をしたりすると、モンスターのようにみなされるという現実に、疑問を投げかけていた。まるで、唯一の正当な道は何があっても母親になることみたいではないかと。「エリステッレ」はハンディキャップを持つ子どもの母親でいることは、今日ではいかに困難なことであるかについて触れ、彼女の姉がそれについては少々知っていて、「世間は彼女を勇気ある母親と呼ぶけれど、それは彼女の選択ではなかった」と書いていた。

フォーラムの女性たちはコメントや助言を気楽に寄せていた。何カ月、あるいは何年もの孤独な日々のなかで練り上げてきた彼女たちの知恵を、誰にでも自由に使わせていた。情報や役に立つ電話番号を伝える投稿もあった。中絶をしたくても法的に可能な時期を過ぎてしまった女性たちを、サポートするサイトを紹介する投稿もあった。妊娠の全期間にわたり人工妊娠中絶が可能な国や、胎児の異常の程度と妊婦の置かれた状況によっては、妊娠二十四週以降でも中絶してくれる病院などがリストアップされていた。わたしはそのサイトのフォーラムに、ロンドンのウィルソン医師の所在地と電話番号を書いて、わたしの場合はすべてにおいて理解と協力が行き届いていたことを強調するほうがいいと思った。当面わたしにできることはそれくらいだった。わたしは匿名で、電報のように手短に書いた。

わたしの体験がショッキングだと思うなら、そこに登場するあらゆる女性たちの体験をどう判断したらいいだろうか。費用を捻出するために借金をした人。医師が職業倫理上、中絶に反感と先入観を持っているイタリアの病院で、麻酔の注射もしないで中絶をすることになった人。分娩室に公安警察官が押し入るのを見たり、助産婦や良心的中絶反対者である医師が配慮に欠けていたために、生まれたばかりの子どもを腕に抱く患者と同じ部屋にされたり、突然の発作のような陣痛が起こってバスルームに駆け込み、その後子どもを水のなかに産み落としながら、そこから救いだすために指一本も動かす勇気が持てなかったり。その女性は子どもが汚れた管のなかでゴミのようになって死ぬのを、見ているしかなかったという。

信じがたいことに、水のなかで生まれた子どもの話には、担当医師や両親や身内などへのインタビューというレポートまでついていた。この種の話はひとつやふたつではなかった。しかしそんな話が大騒ぎを巻き起こすことはまったくなかった。こうした女性たちを救済する動きがなくても、世間は憤慨したりしなかった。彼女たちはまず家に帰り、それからひっそりと引きこもり、恥のなかでふやけていく。テレビに出て話をしたり怒りをぶつけたりする姿など見たこともない。彼女たちはそばにいる人の忠告を守っている。忘れてしまいなさい、前を見なさい、あなたの子どもは生まれてこなかったんだから。

わたしが夢中になって読んでいると、ドアフォンが鳴る音がした。

モニターにカラフルなヘアピンでしっかり留められた母の髪が映った。彼女は仏頂面をして、その後何回かドアフォンを鳴らしてはわたしの返事を待った。でもわたしはその場所を離れてコンピューターのところへ戻った。それから数回長めの音が聞こえ、その後鳴らなくなった。

その数分後、誰かが玄関の錠で鍵をまわした。わたしは母が芝居がかった剣幕で守衛を落とし、それからかっかしながら四階まで上ってきたのかと思った。でもドアの向こうに見えていたのはピエトロの頭だった。もうそんなに遅い時間だとは気がつかなかった。

「この下で母に会わなかった？」

「いや、でも携帯に何度か電話してきたよ。心配していて、きみがどうなったか知りたがってたよ。電話してあげれば」

「後でメールを送っとくわ」

「何を読んでるの？」

「フォーラムを見つけたの」とわたしは言った。「中絶した人たちの」

「きみの役に立つのかね」

彼はわたしをじろじろ見ていた。わたしは髪も梳《す》かず乱れたままにし、数日前から同じスウェットの上下を着たままだった。夕食の支度も全然していなかった。障碍者のドキュメンタリーと中絶のフォーラムを行ったり来たりしていた。彼の世話はまったくしていなかった。でもその夜の彼は口げんかをする気もなかった。

「もし何か話をしたければ、ぼくはここにいるからね」彼は力なくわたしを励ました。「きみはひとりじゃないんだから。ふたり一緒なんだから、きみとぼくは」

「ありがとう」

「今日電話をもらったよ」と彼は、上着を脱ぎながら言った。「一カ月後に解剖の結果が出るって。そうしたらロレンツォを迎えに行ける。あっちで葬儀をして、それから一緒に彼を連れて戻ってこよう。それでいい？」

わたしは考えただけで身体がこわばった。回転式の肘かけ椅子をくるりとまわして、ディスプレイを注視した。

「ルーチェ、いいよね」

無理だった。ロンドンに戻りたくはなかった。わたしからすれば、ロレンツォはあの病院で科学者の一団から検査を受けてなどいなかった。わたしのなかにもういないのはたしかだし、この家の、彼のために用意された部屋に閉じこもっているわけでもなかっただろう。フォーラムの、わたしのようにほかに行くところもない女性たちの投稿のなかにもいなかった。でも唯一たしかなのは、ロンドンにはいないということだった。彼をそこに置き去りにしたまま、元気いっぱい戻ってきてしまったなんていうことは、あってはならないことだった。

フォーラム《ピンクスペース・コム》1月12日18時3分

ロックママ

わたしは双子を妊娠していました。九月二十八日にNT（訳注＝後頸部透亮像）検査を受けたところ、片方の子どもに問題があることがわかりました。夫と意見が一致して、羊水検査を受けてから、十月二十日には、わたしの心臓が一瞬止まってしまいました。21トリソミー（ダウン症候群）だったのです。夫とわたしはその妊娠を続けることはできないと思い、ひとりだけを選ぶことにしました。外から判断するのはたやすいことです。でも母親だったら、その後死んだ子を心に抱えながら生きなければならないような選択など、けっしてしたいとは思わないでしょう。でもわたしの選択は理に適《かな》ったものでした。ふたりの子どもに平等の愛を注ぐことなど、どうしてできるでしょうか。一方がより大きな愛情を必要とするのは確実で、そうなればやむなくもう一方をなおざりにすることになるでしょう。それに、わたしがこの世にいなくなったとき、誰が彼女の面倒を見てくれるでしょうか。皆さんは知っていますか？　染色体検査がおこなわれるようになってから、子どもの健康に問題があるとわかったカップルのほとんどすべてが、中絶を選んでいることを。知らぬが仏ですが、もし知ってしまったら、自分の娘を運に賭けるには勇気がいります。

わたしは自分が人非人だと感じないでいられるように、皆さんのことや、皆さんのケースが知りたいのです。

リージ82

こんにちは、ロックママ。ここにはあなたの話に耳を傾け、あなたの精神状態が理解できる女性たちがたくさんいることでしょう。わたしは九週目で自分の意志で妊娠中絶をしました。二十歳で、シングルだったし仕事もなかったので、子どもを持つことなど不可能だと思ったのです。三十歳の今でもまだ、子どもを持ちたいとは思いません。わかったのですが、ただ単純に、わたしは母性本能を持ちあわせていないのです。悲嘆に暮れているお母さんたちにはあり得ないことのように思えるかもしれないけれど、でもこういうこともあるのです。だから、またそんなことになったら、同じようにするでしょう。でも気軽なことではないのだから、避ける努力は尽くします。理解は求めないけれど、尊重くらいはしてもらいたいと思っても、そんなものはまずどこにも見つかりません。文明社会には、あなたを裁く勇気のある人などひとりもいないでしょう。ここでも、みんながみんな気持ちが重なるわけではないけれど、言葉の重みは知っているので、おたがいに励ましあおうとしているのです。

匿名女

妊娠中の女性の三パーセントに障碍児を産む可能性があります。これは事実です。ある人は子どもの成長の過程でそれに気がつくし、ある人はまだ子どもがおなかにいるときに出生前検査を受けて発見します。もしその検査の結果染色体異常が見つかれば、九八パーセントの女性が治療的中絶に救いを求めます。九八パーセントです。これもまた事実なのです。でもそれは法が認めた期間内に限ったことで、期間内なら問題はなく、禁じることは誰にもできません。子どもを神のもとへ返すわけですが、健康であるはずだけれど親が望まない子どもも、十二週以内なら、同様の扱いができます。病院のなかには、そういう女性を白い目で見たり、適切なサポートをしたがらないところもあるようですが、でもそれは可能で、誰もそれを禁じることはできません。わたしが知るある女性は、子どもに口唇裂《こうしんれつ》があったので、中絶することに決めました。そんなこともあるのです。またある女性は、妊娠中の女の子の脳が奇形だったか、どうかしていることがわかったのですが、妊娠週数がかなり進んでいたので、周囲の勧めでそのままにしました。まるで生命の尊厳が経過した週の数で測られているみたいです。その女性はその後三カ月を経て出産しました。たぶん口に食べ物を運ぶことはずっと続けることになるでしょうけれど、それでも産んだのです。彼女も今言った三パーセントのなかに入ります。援助できることはほとんどありません。そしてわたしもまたその三パーセントに入っているのです。でもわたしには、産む勇気などどこを探しても見つかりそうもありません。

ピエトロはわたしに何か言いたそうだった。わたしは目を腫らしていて、カモミールを浸した脱脂綿で瞼を拭いていた。わたしはちらっと彼を見た。歳月が彼に好ましい効果みたいなものを及ぼしているのが一目でわかった。髪には白いものがわずかにまじり、皮膚は艶を増し、年月とともに彼が果たしてきた唯一の仕事は、彼の魅力を増すことだったと言いたいほどだった。洗面所の鏡に映る彼の姿を見た後すぐに自分の顔を見ると、いっぺんに気分が沈んだ。

「ぼくはきみの笑顔が好きだったよ」と彼は言った。

それから洗面台の横の壁にかかったカレンダーに目を留めた。ビャクシンの林に見え隠れする冬の湖の平穏な光景の下に、二十日まで記号やバツじるしが無造作に書き込まれた十二月のカレンダーがあった。「一月ももうじき終わりだ」と彼はぽつりと言った。「替えなきゃね」

わたしは唇の上の黒っぽい染みにコンシーラーを塗っていた。

「旅行をしたいんだ」彼は続けた。「会社を十日ばかり休んでもどうってことない。タイはどうかと思ってるんだけど、きみはどう思う？　サムイ島で、大学時代の友達がメディカルセンターを開いたんだ」

わたしは少数派のなかの少数派だった。外国の医者たちのサポートを受けることができた。自分の選択を実現するのに必要なお金もあった。そんなわたしがそのとき思った。愛する男からタイ旅行にまで誘われる女性がいったい何人いるだろうかと。またもやわたしは、自分を幸せ者だと思わないわけにはいかなかった。でもそうは思えなかった。特権的立場はわたしの居心地をますます悪くした。わたしにはそんなことをされる価値はない。苦しみに対抗しようとすることより、そのなかでのたうっているほうがまだ楽だった。

「きみをここから遠ざけたい」とピエトロが言うのを聞きながら、わたしは石けんで自分の手を神経質にこすっていた。

サムイ島はこぢんまりした観光地で、スーツケース、人混み、列を作っている人びと、フル回転しているエアコンなど、バンコクの空港の喧噪《けんそう》を経て、わたしたちがすぐに向かったところだった。飛行機を出ると外の空気は蒸し暑く、人によっては耐えがたいほどだった。わたしたちの前にいた旅行客は、雑誌で風を立てながらあえいでいた。

太陽は空に高く、わたしは夏を思い、わたしたちの国ではまだはるかに遠い季節を思った。ピエトロの頰にはクッションの跡が残り、一本の線になって頰骨を横切っていた。荷物の引き取り場所はヤシの木々のあいだに竹で作られた建物で、ガラスも仕切り柵もなく、税関の白い壁に、島へようこそというしるしの、まばゆい砂浜を描いたポスターが一枚かかっているだけだった。ベルトコンベヤーはまだ動きだしていなかった。

わたしは夏にふたりでした初めての旅行を思いだした。インドネシアのある島への旅行を。わたしには、家からそんなに遠い場所は初めてだった。豪勢なホテルにも、細やかなホスピタリティーにも、飛び抜けておいしい料理にも、わたしは無頓着を装っていた。わたしたちは学校の旅行で悪ふざけをするふたりの子どものように笑いこけ、至るところで、ホテルのプールでまでセックスをした。そうしながらもピエトロはクールで端正で、受けてきたブルジョアの教育をみごとに体現していた。わたしはセックスに関してはブレーキや歯止めを持ったためしがなく、彼がはめをはずすことはあり得ないとわかっていたから、わたしの身体を黙って探らせた。ピエトロは恍惚としてわたしを眺め、わたしが彼の手を取って身体を這わせ、禁断の空想物語を彼の耳に囁くに任せていた。有頂天になった彼の言葉を聞きながら、わたしは自分が全能になったような気がしたものだ。少なくともその方面では、ゲームを盛り上げるのはわたしのほうだった。

そのころのわたしたちは、自分たちの人生をむさぼり食うのに我を忘れた二羽のハヤブサだった。そして今は？　トロピカルフルーツが香る島の飛行場の外に駐車している、空色の小型バスのところまで行こうと、荷物を背負っているふたりの幽霊だった。

わたしたちはほかの二組のカップルと一緒にバスに乗った。いちばん奥のエンジンの上に座った。バスが動き始めると、わたしは窓の外の景色を眺めた。植物の緑が今雨が上がったばかりのように艶やかだった。道沿いに店と、米やドライフルーツを売る屋台が連なっていた。電線が柱から柱へだらしなく這っていた。やせた女性がひとり、プラスティックの容器の底に少しだけ残った炊き飯を売ろうとしながら、うちひしがれたまなざしをときおり通行人に送っていた。もうひとりのもっと若い女性は、大きな腹を見せびらかすようにして小さな市場の階段に腰かけ、洗ってもいないであろう果物をかじっていた。自然を信頼していることがひと目でわかった。超音波検査はしそうもない彼女は、人生にも自信を持っていた。

ホテルは外に息づく現実から守られた別世界だった。道路のほこりから守られ、道をまがったところでいきなり現れる海、切り立った岩壁の下で青緑色に変わる海、荒々しさに身が縮みそうな海から守られていた。

　フロントではフォーマルな民族衣装を身にまとったタイの女性に迎えられた。艶のある黒髪が高めの位置で複雑なかたちにセットされていた。彼女はわたしたちの首に花飾りを巻き、ストローのついたフルーツカクテルを差しだした。彼女が館内の紹介のために一巡する後を、ふたりで自動人形みたいにしてついていった。

　こちらがプールで、こちらが浜辺です。数メートル向こうにはレストランがあって、あらかじめ渡されたクーポンを使って、朝食と昼食と夕食を取ることができる。右側の小高いところには療養温泉があって、そこでは、数日間のワークショップのために訪れた、国際的な科学者の一団に会うことができる。木造の別棟《パビリオン》のひとつにはスポーツジムもあって、そこでは瞑想やヨガの教室が開かれている。それらのすべてが、ジャングルのなかの長い石の廊下のような、樹木の生い繁った広い道でつながれている。最後は寝室の番で、それは海に面したテラスのついたバンガローだった。めまいがしそうなほど果てしない紺碧の広がりが、かすんだ水平線のかなたに消えていた。エアコンがあり、天井のまんなかには送風扇がついていた。家具は簡素で機能的だった。花が至るところに置かれ、枕の上にまであった。プルメリアの花びらが、筒状に巻いたタオルの中央にはめ込まれていた。バスルームは外にあり、石ころと草地と竹林に囲まれて、鏡、洗面台、トイレ、シャワーがあった。それから平安があった。潮のにおいが芳香性の植物の香りと溶けあっていた。名前も知らない、ドキュメンタリーでしか見たことのない鳥が鳴いていた。快い鳴き声がパパイアの木々と群れ咲くブーゲンビリアのなかに響いていた。

白い砂浜に出ると、ハンモックが二本のヤシの木に結ばれていた。わたしは足が痛かった。ハンモックのよりあわせた綱をよじ登って、揺れに乗った。

ピエトロとタイの女性はほほえんでいた。「彼女は疲れているんです」とピエトロが説明していた。「長旅だったものだから」

それからふたりの声が遠のいて、わたしはただ、ココヤシの実のあいだに見え隠れする空だけを見ていた。骨がきしむのを感じた。朝の四時みたいに眠かったけれど、わたしの家は暗くなっているころかもしれなくて、時差の計算が定かでなくなっていた。揺られているわたしの髪をそよ風がもてあそんでいた。

わたしは突然目を覚ました。ハンモックの縁から乗りだして、その恰好のまま、日光浴をしているホテルの泊まり客たちの前で嘔吐《おうと》した。金髪の小さな女の子が笑いながらわたしを指さした。裸足で砂浜を近づいてくる人が見えた。目を上げると、海水着を着て、もう日焼けしている肌にクリームを塗ったピエトロがいた。彼はわたしの額に口づけをして、「大丈夫?」と言い、ティッシュペーパーを差しだした。

わたしはハンカチーフで口をぬぐい、また少し戻ってきたものを呑み込んで、「まるで九十歳のおばあさんみたいに骨が痛むの」と言った。

「プログラムで読んだけど、この数日ここに、ドイツ人の整体師《オステオパス》で世界的に有名なプロがいるそうだよ」

わたしはつい皮肉を込めたあくびをした。

彼は素知らぬ顔をしていた。「風呂を浴びてきたら」とわたしを促し、「生き返るよ。飛行機で出た鶏の冷肉が悪かったんだろう。ぼくもさっきまで吐き気がしてたよ」と言った。「ぼくは後でジョギングをしたり写真を撮ったりしにちょっと出るよ。眠っちゃいけないんだ、さもないと時差に慣れないからね」

彼はかつてなく美しかった。感動的と言ってもいいほどの美しさだった。しなやかな筋肉質の身体。一息入れた後の顔は波に磨かれた石のように艶やかだった。一方わたしときたら、何度も踏みつぶされた末に弾力性を失い、ぴんと立つこともできなくなった一筋の草みたいだった。彼のほうはわたしと違って、休暇中の少年みたいなのだ。わたしは彼を憎んだ、美しく健康である分。無傷である分。

整体師フィンクラーがホテルにいるのは四日間だけだった。

温泉ではジンジャー・ティーを出してくれた。わたしはそれを大きな貝殻みたいな籐椅子で一口ずつすすった。テラコッタの床をホテルのスリッパを引きずりながら歩いていくと、お尻に痛みを感じた。骨のつながり具合が悪くて、関節がよく動いていなかった。温泉のテラスは、各部屋のチガヤの屋根を覆いながら浜辺のすぐ手前まで続く、樹木やヤシの繁みの上に突きでていた。

フィンクラーは真紅のサリーをまとって現れた。ごま塩の無精ひげを生やして、赤い眼鏡をかけていた。ニューエイジの本から抜けだしたような、ゆったりとして風変わりな恰好だった。彼の英語は堅苦しくぎこちなかったけれど、わたしがイタリア人だとわかると、ボローニャで勉強したことがあると言い、ドイツ風のきつい抑揚に、エミリア風の柔らかなトーンが加味されて、なめらかになった。

ホテルが施術のために彼にあてがった部屋は、木々のあいだの小さなバンガローだった。そこは禅道場みたいで、木の机がひとつ、わらの椅子が二脚と、中央に施術台があった。

ふたりが椅子に座るとすぐに、わたしのことを話してほしいと彼が言った。

わたしはどこもここも具合が悪くて、疲れきった感じがすると伝えた。彼は手帳とペンを手に持っていたけれど、メモは取らなかった。

「いつからですか？」

まだ二十日も経ってないです。

「二十日前に何があったんですか？」

そう訊かれたからには、そのことに触れないのはおかしいだろうとわたしは思った。それが避けられるとは、とても考えられなかった。彼は整体師だし、わたしの不調の原因が出産にあるのは間違いないのだ。

「出産しました」

わたしは感情をまじえずにそう言った。すると彼は微笑した。彼の青い目はわたしの内心を探っていた。六十歳かそこらの彼は、わたしにサンタクロースを思いださせた。ヒンドゥー教の聖人になったサンタクロース。「それはすばらしい」と彼は快活な声を上げた。「男の子ですか女の子ですか？」

そんなことはどうでもいい、その子はもういないのだから、と口から出そうになったけれど、彼の微笑に邪魔された。「男の子です」とわたしは答えた。

それからわたしは施術を受けた。わたしは気後れもしないで服を脱ぎ、自分の身体をさらけだした。出産があったのは明らかすぎるほどだった。わたしは施術台に横になりながら、どう答えようかと思案した。この人は、わたしが母親で、子どもがどこかにいると思っている。それならそうしておこう。ここには知りあいなんかいないのだから、でまかせを言ったって不都合はない。

フィンクラーはわたしの額に掌を当てた。彼のざらざらした温かい皮膚がたちまちリラックス効果をもたらした。

「息子さんはここに一緒にいるんですか？」と彼は訊いた。

わたしの嘘はうまい具合には続かなかった。「いいえ、イタリアに残してきました」

彼の目に映るわたしは、今や不人情な母親になり、出産の疲れから回復するために、生まれて二十日の子どもをためらいもなく地球の裏側に放りっぱなしにしてきたことになっただろう。そんなことになるとは思ってもいなかった。しかしフィンクラーは何も言わなかった。自分の掌でわたしに熱を伝え続けた。最初は額、次は首へと。それから肩へ、しまいにはお尻にまで。まるで手で超音波検査をしているみたいだった。

「では授乳はしないのですか？」

それはわたしが最初にするはずのことだった。彼に乳首を差しだし、彼が生命に執着して、初乳を吸い尽くすのを見ることとは。「ええ、しないことにしたんです」とわたしは、バストを崩すのをいやがる女性を気どって返事をした。

今やわたしは自分の役にどっぷりはまっていた。この二番目の答えは、非道な母親という印象をさらに悪くしたかもしれなかった。しかしフィンクラーは、そんなそぶりは見せなかった。彼はわたしの骨に集中していた。わたしの身体に指を押しつけながら、心ここにあらずといった風情で、まるでそこにいながら同時に別のところにいるみたいだった。

「あなたの痛みは正常なものです」と彼はしばらくしてから言った。「あなたは出産なさった。あなたの骨は今、もとの場所に収まろうとしているのです。ここ東洋では、女性は子どもを産んだらあちこち歩きまわったりしないで、少なくとも三カ月は家に閉じこもり、風にも当たらないようにしています。我々のほうは活力にだまされて、何でもすぐにやろうとするけれど、時間が必要なのです。それに道のりは単純ではありません。わたしにはあなたの治療はできません。なおさら悪くなりますから。わたしにできるのはレイキ（訳注＝代替医療の一種）を実践することだけです。これは東洋の教えで、わたしは大いに奨励しています。あなたももしよければ、ヨガや瞑想をやってみてはどうでしょうか。でもマッサージはやめておきましょう」

わたしの身体にはわずかの活力も残っていなかった。だから目を閉じて、そのレイキとかいうのをやってもらった。それは要するに、手で触れることによって熱を伝えることだと思った。でもあまりにも気持ちがよかったので、またたく間に夢うつつの状態に入ってしまった。目をあけてみると、フィンクラーは唇を動かしながら、単調だがリズミカルな瞑想をしていた。それがしばらく続いた後、彼は姿勢を直してふたたびわたしにほほえんだ。

気持ちはどんなかと訊かれたとき、わたしはよくなっていることがすぐにわかった。痛みも軽くなっているようだった。フィンクラーはわたしが服を着るのを手伝い、ブラウスの袖を通してくれた。わたしのほうはボタンの穴を掛け違えた。でもはずして初めからやり直すことを考えただけで頭が痛かったから、そのままにしておいた。

「あなたには休息が必要です」と彼は父親のような表情で言った。「とても疲れているようだから、お子さんから休みをもらってよかったです。ご自分の心身の健康を考えてください。母親になったら、それはきわめて大事なことです」

わたしも彼にほほえんだ。それは彼に会ったときから、たぶん初めてのことだった。わたしは彼の理解力に驚いた。いかなる偏見も超越しているようだった。

彼はそれからわたしを施術台から助け起こし、ドアのほうへ行くのを手伝った。「またレイキを試したくなったら、わたしはここにいますから」別れる前に彼はそう言った。

「明日は？」とわたしは出口で訊いた。

「わかりました。では同じ時刻に」

わたしが樹木の繁みに入りかけたとき、彼の声がまたかすかに聞こえた。「大事なことを訊き忘れていました」と彼は言った。「お子さんには何という名前をつけましたか？」

わたしは自分の役割に背くまいとして、違和感を呑み込んだ。そして気合いを入れてその名前を吐きだした。その日は、その日だけは、ジャングルを越えた地球の裏側の家でわたしを待っている、生まれて二十日の子どもの名前であるものを。「ロレンツォ」と。

寝室のトイレでわたしはおしっこをし、長方形のトイレットペーパーを股のあいだにはさんでみた。フォーラムにも書かれていたけれど、予想したように、出血はうっすらと赤くて細い数本の跡をいくらか残す程度に減っていた。わたしはそこへ来てからも、自分の状態を確認するためによくフォーラムにアクセスしていた。

「もう終わったの？」とピエトロが歯を磨きながら訊いた。わたしがもう生理用ナプキンを使っていないことに気づいたようだった。

わたしはうなずいてから、そこを出て毛布の下に滑り込んだ。

ナイトテーブルのスタンドが発するオレンジ色の光がマホガニーの箪笥や床に反射していた。天井の送風機はかろうじて回転していた。外はじめじめしているのに、シーツは乾いていて快かった。

ピエトロはわたしの横に寝そべった。「あのバスタブのなかでのこと、覚えてる?」と彼は、わたしのほうに向きを変えながら、ほのめかすように訊いた。「あれはふたりで初めてした旅行だったね」

そう、それは覚えていた。わたしたちの身体は一晩中相手を求め続け、けっして飽きることがないようだった。皮膚は水を含み、手も指先もすっかりふやけてしまっているのに、それでも抱きあったままで、飽きたりるにはほど遠かった。

どうして彼がそのときにそんなことを言いだしたのか、わたしにはわかった。まず初めにわたしの身体の状態を確認してから、次にはアタックするための地ならしをしようというわけなのだ。彼はわたしをふたたび愛し始めようとしていた。ピエトロはすべてをすぐに手に入れることに慣れた幼児だった。けれどもわたしは、ふたたび足を開いて彼を迎え入れることを考えただけで、口には出せないパニックに襲われてしまう。ロレンツォはその場所から出てきたのだ。それを考えずにはいられない。わたしはさなぎが繭《まゆ》にくるまるように、シーツのなかにくるまった。わたしの脱皮はまだ始まってもいなかった。

「まだ早すぎる」とわたしは足をよじりあわせながら言った。そして彼に背を向けた。

朝の九時で、わたしはすでに疲れていた。

メイドが職業的な微笑を浮かべてやってきた。わたしにはどの人もみんな同じように見えて、フロントの女性と勘違いした。クルーザーで一周しないかとか、ピラティスの教室はどうだろうとか、無理やり誘われないかと不安だった。でもその女性はエプロンをかけ、注文用のメニューを手に持っているだけだった。わたしはスクランブルエッグと、ホットティーと、フルーツジュースを注文したけれど、彼女が向こうへ行ったとたんに後悔した。戻ってもらうには遅すぎた。わたしは気後れしていて、声を上げて彼女の注意をちょっとでも引いてしまうのがいやだった。すでに十分人目を引いていたし、見たところ、そこには子連れの家族しかいないようだった。そこに座ったわたしは調子はずれの音符みたいで、みごとなイギリス風草原にまぎれ込んだ一房のハマムギだった。

ピエトロがポロシャツにショートパンツで、耳にｉＰｏｄを差して広い通りの裏から現れた。朝のジョギングから戻ったところだった。道で出会ったらしいホテルの泊まり客の金髪女性と笑いあっていた。

わたしはときどき、彼がほかの女性と出会えばいいと思うことがある。傷などない、健康な子どもをたくさん産んでくれる人と。遺伝子の図面や染色体の配列に不安を持たない人と。わたしは、あのバスタブでわたしにしたように、彼が金髪の旅行客を抱きしめているところを頭に描いた。言葉と言葉の、肌と肌の、唾液と唾液の、汗と汗のからみあう場面を。そんなことは考えただけで気分が悪くなるけれど、そんなことを望んでいるわたしもいるのだ。わたしは彼の人生に幸福が戻ればいいと願った。なぜなら彼のような人には幸福が似合うのだから。彼はわたしとは違うのだから。彼は賭ければ勝つけれど、わたしは賭けてみることだけでも怖い。わたしは彼という晴れた空を曇らせる灰色の雲なのだ。運んでくるのは雨だけ。わたしを愛さなかったら、すべてがはるかにスムーズにいったことだろう。

彼は満ち足りた様子で椅子に座り、ホテルの外の、絵はがきから切りとったみたいな砂浜を走ってきたとわたしに話す。写真をたくさん撮ったと、プロ用のカメラのディスプレイに映った写真をわたしに見せる。それから彼は、潜水《ダイビング》もしたいと言う。彼は一日の計画を山ほど持っているのに、たちまちわたしという壁に突き当たってしまう。

「サンタ・マリネッラで怖い思いをしたから、ボンベをつけるなんてもう無理よ」

「それは間違いだよ。馬から落ちたら、できるだけ早くまた乗るほうがいいんだよ」

彼はほかのいろんなことも暗示しているように、わたしには思えた。わたしたちふたりや、セックスや、また子どもを持つ可能性などを。でも彼はテラスの向こうの異国風の植物に目をやりながら、おいしそうにコーヒーをすすっていた。彼には他意などなかったのだ。それは不安定なわたしの頭が考えだしたことにすぎなかったのだ。

「ちょっと日に当たりに行かないか？」

「だめ、あたしはまだホルモン漬けなんだから、染みだらけになっちゃうよ」

「じゃあ何がしたいの？」

「わからない」とわたしは言って、食欲もないのにスクランブルエッグをせわしなくつつき始めた。でもフォークで傷をつけているだけだった。

「きみは退屈だよ」と彼が言った。その言葉はもうしばらく前から喉に引っかかっていたみたいだった。「いつもそんな顔をされてたんじゃたまらないよ」

「あたしの顔なんか見てなくていいのよ」とわたしは答えた。「ひとまわりしてきたら?」

「きみもそうするほうがいいよ。きみは生きてるんだから、ルーチェ。ぼくらは死んでなんかいなくて、ふたりとも生きてここにいるんだよ。めげてちゃだめなんだよ」

「好きなようにしたら。あたしのことなんか考えないで。あなたの計画にあたしまで乗せようとしないで」

「きみはぼくの伴侶なんだ。ぼくの人生に誘い込むのは当たり前だと思うけどね」彼はため息をついた。「苦しんでいるのはきみだけじゃない。ぼくはただ、きみを助けたいだけなんだよ」

「あそこのブロンドの女性を、一緒に潜ろうって誘えばいいじゃない」わたしは彼を挑発したかった。わたしの言うことは間違っていないと、あなたはほかの女を見つけて、わたしのことは放っておいてほしいと、彼にぶつけるための材料がほしかった。

「きみはどうかしてるよ」

「あの人すてきじゃない」

彼は返事もしなかった。黙ってコーヒーをすすっていた。わたしはまたしても、彼の上機嫌を台なしにしてしまった。

「あの人のところへ行ったら？」わたしの声が大きめになると、彼は居心地悪そうに周囲に目をやった。

「いいかげんにしてくれないか」

「心配しなくていいのよ、ここでは誰もあたしたちの言葉なんか話さないから。あたしたちの言葉は世界ではこれっぽっちの重みもないのよ！」

わたしは頭がかっかしていた。ホルモンが噴きだしてるんだとわたしは思った。もう自分の反撥を制御できなくなっていた。破壊衝動が次第に強まり、唐突な行動に出た。テーブルから立ち上がると広い通りのほうへ向かった。それから早足で歩きだした。ピエトロは黙ってついてきた。

「あなたがほかの女を見つけても、無理もないって言ってるのよ。そのほうがうれしいくらいよ」

彼はわたしの腕をとって自分のほうに向かせた。

「なんでそんな意地悪を言うの？」

「意地悪だなんて思わないからよ」

わたしはもう泣いてしまいたかった。ピエトロはわたしを抱きしめ、一日中そうしていようと言った。わたしは彼に身を任せた。わたしも一日中そうやって、彼の腕のなかでじっとしていたかった。朝のその時間、湿気は耐えがたいほどではなかった。パパイアとマンゴーの木が陰を作り、自然はわたしたちをあやしていた。

しばらく後で彼が言った。「今日はレイキに行くんだよね」

「そう」

「今朝あの先生に会ったよ……フィンクラーっていったっけ」彼が言った。「きみが体験した地獄のことを話した。あの人はとても心を痛めていたよ」

わたしはいきなり飛びのいた。「どうしてそんなこと言ったの？」

ピエトロはたじろいだ。「どうしてって？　彼は医者だよ」

「だからどうしたのよ」わたしは突っかかった。「どうしてあなたは誰にでもしゃべるのよ！」

「ルーチェ、ぼくは誰にも話してないよ……」

「彼に言ったじゃない！　あたしのことで何かする前に、ちょっとでもあたしのことを考えてくれないの？」

ピエトロは困惑したような目を向けた。それを見ただけで、彼にはわたしのことなどまったく理解できないことがわかった。それから彼は、口癖になっているへぼを言った。「落ち着いてくれないか」

「前向きにならなきゃいけないんだよ」と続かなかったのが不思議なくらいだった。

「あ、そう」わたしは甲高い声で嘲るように言った。

「そうだよ、ルーチェ、ぼくは前向きに生きたいんだよ」

「じゃあ訊くけど、前に何があるわけ？　あなたの前にはそんなにおもしろいことがあるって言いたいの？」わたしは手を大げさに振り上げて、広い道の横に壁のようにそびえる樹木の繁みを指さした。

「きみがいる」彼はそう答え、わたしの目をまっすぐに見つめた。

フォーラムの女性たちは、男一般について、理解してくれない相手について、よく愚痴をこぼしていた。ピエトロはダイビングに行き、わたしはレイキを口実にしてホテルの部屋に留まっていた。フィンクラーのところへは行かないで、コンピューターにかじりついていろんなおしゃべりを読んでいた。

「シレーナ」は自分がまるでエイリアンみたいで、外国語を話しているようだと言う。彼女には連れあいが理解できない。彼女が泣いても彼はたいしたこととは思わず、大げさだと言ってとがめるから、アタマに来る。セックスはもう何カ月もしていない。「マリカ81」はそんなシレーナを慰め、自分は半年も待って、しまいには「少々荒っぽい手」を使ったという。それがよくなくて、彼女はぬれることができなかった。だからローションを使うことにして、女医に処方してもらった。ふたりで精神科医を訪ねたりもした。

「精神科医に頼るにせよ頼らないにせよ、時間が必要なのです」と「絶望のルル」は言う。それから、家計費のすべてを注ぎ込んでも、「一回分の診察に百ユーロも取るような精神科医でさえ、ひとりも見つからないのです。そんな医者にも治すことはできないので……お手上げです！」ということだった。おまけに彼女の親たちは、精神科医を訪ねるのは頭がおかしいからで、入院させてもらう必要があると考えているという。

「絶望のルル」と「マリカ81」はフォーラムの外でも会うようになって、ふたりは友達になっていた。「絶望のルル」はネット上の仲間たちに、日曜日にクスクス（訳注＝セモリーナ粉を蒸して魚介スープを浸み込ませたシチリアの料理）の夕食会を開いてみんなを自宅に招待したいと言った。何人かがそれに返信し、なかには行くと言っている人もいた。

翌日ホテルの広い道でフィンクラーの真紅のサリーを目にした。なにげなく後ろへ戻る以外に、方向を変えることはできなかった。道のまんなかで彼に出会った。

「こんにちは、ルーチェ」彼は丁寧に挨拶した。

「こんにちは」

「昨日はレイキに見えませんでしたね」

「すみません、一日中忙しかったものですから」私はそう言いつくろった。

「ご主人に会いましたよ、ご存知ですか」

わたしはうなずいた。

「あなたがお困りなのは理解できます。お気持ちはとてもよくわかります」

彼の青い目はわたしの内面をじっと探っていた。いつも何かを探っているみたいな目だった。彼の目は返事はいらないと言っていた。ただ確認したいだけなのだ。わたしは彼に礼を述べた。それから浜辺のほうへ歩き始めようとしたけれど、フィンクラーにはそのまま別れる気はなかった。「先日は」と彼は言った。「治療しているあいだ、そこにいるのを感じました」

わたしが無情な母親ではないことを聞き知った今、彼はわたしのなかから、慰めになる神秘的な何かを引きだそうとしていた。この人はわたしの神経を逆なですることしか考えていない、とわたしは感じた。

「あなたが仏教の中心地であるこのタイにいらしたのは、偶然ではありません。わたしたちの旅の目的地は偶然のものではなく、そこへ向かう理由がつねにあるのです」

「ここを選んだのはピエトロです」とわたしは釈明した。「それにわたしは、仏教徒ではありません」しかしそこまで来るとわたしは、彼の意図するところが知りたくなった。

「転生は仏教の基礎であることを知るのに、信者である必要はありません」

わたしはふたたびうなずいた。しかし今度は苛立ちのしぐさも遠慮なく見せた。

「仏教徒の考えでは」とフィンクラーは続けた。「中絶の後、胎児の魂も生まれ変わることができるのです。しかしすぐには生まれ変わらずに、母親のまわりに留まったままで、次の妊娠を通して戻ろうと待っていることもあります」

そのたぐいのことを言われるだろうと、うすうす予想はしていた。それでもわたしは動揺した。

「もうほんとに行かなければ。ピエトロが待っていますので」

「気を悪くさせるつもりはありませんでした」と彼は、わたしの行く手を遮りながらなおも言った。「よかれと思って言ったのです。ロレンツォ……と言いましたっけ、お子さんの名前は。彼はあなたの魂を離れてはいません。まだあなたと一緒にいますよ」

まさか。ご冗談を。そんなのは耳を貸す価値もない。今度はわたしがしゃきっとする番なのだ。

「ほんとにもう、そのくらいにしていただいて。それではまた、フィンクラー先生」と言ってわたしは、浜辺のほうへさっさと歩き始めた。

息子のことを考えるとき、唯一たしかに言えることは、彼の肉体が恋しいということだった。わたしはそのことに、小さな子どもを見たときに気がついた。とりわけ足を、まるまるしたふくらはぎを、腿《もも》を見たときに。わたしはロレンツォの不完全で小さな足を思いだし、胸に身体的痛みを覚えた。それは魂とはなんの関係もない何かだった。もっぱら身体への欲求だった。

自然界には、子どもを失うと、仲間の子どもをさらってきて自分の子どもにする動物がいる。チンパンジーなど、多くの哺乳類にそれが見られる。それは必死の暴力的な行為なのだ。そういうことはペンギンにも起こって、彼らは子どもを極地の寒冷から守るために、食べ物も光もないところで何カ月も過ごし、そんな巣ごもりが失敗したことを知ったときには、持てるだけの力と横暴さを駆使して、自分のではない子どもをさらってこようとする。

わたしはその人たちが新しく到着したお客にまじって小型バスから降りてくるのを見たとき、ペンギンになりたいと思った。父親と母親と生まれて数カ月の乳児。彼らは東洋人で、身なりがよく、たぶんバンコクからの客だった。一家はわたしたちの前のソファでくつろぐようにと誘われた。男性はフロントのタイ女性と話をするために席を立ち、女性はそこに座っていた。新生児は二カ月目くらいか、あるいはもう少し上か、わたしには経験がないからわからなかった。その子は丸くて柔らかくて、頭は黒っぽい軟毛に覆われていた。男か女かもわからなかったけれど、白いコットンのボディスーツを着ていた。むきだしの腕とすねも浅黒く、足先はピンク色だった。その子は母親の小さくて引き締まった胸にしがみついていた。二十五歳にもなっていないような若い女性の胸に。そのうちに母親が乳首を子どもの口から離して、子どもの向きを変え、もう一方の乳首をあてがった。子どもは頭や手足をはげしく動かしたけれど、また乳首にしがみついて吸い始めると、表情がゆるんだ。もしわたしたちがペンギンだったら、そのときわたしがソファから立ち上がって、その子を胸から引きはがそうと駆け寄っても、誰も驚かないし、ましてやわざわざ割って入ろうなんて思わないだろう。わたしの怒りは一通りではなかったから、成功したにちがいない。父親が母親を守ろうとするのはたしかでも、ピエトロのほうが強いから、彼を拳《げん》固《こ》で地面に伸ばしていたことだろう。そうしたらわたしたちふたりは、水かきのついた足と、整え直した羽毛と役立たずの翼で、よたよたとそこを離れたことだろう。まるで当然であるかのように、ついに三人になって。

あいにくわたしたちはペンギンではなかった。ふたりは人間で、人間の運命は複雑なのだ。東洋人の一家にはわたしたちの隣のバンガローが割り当てられた。ピエトロがフロントの女性に部屋を替えてもらえないかと訊いたけれど、ホテルは火曜日まで満員だということだった。「部屋は足りないくらいだそうだ」と彼は、ふたりとも神経が参っているのに配慮してもらえないことに、レストランに向かう途中で不平をもらした。

その夜わたしはその子の泣き声を聞いた。新生児の泣き声は無数の細いピンのようにわたしを刺した。それは脈打つ子宮の生きた肉に食い込んだ。ピエトロも眠れなかった。ふたりの目は薄暗い部屋のなかで出会い、それから力なく別れた。まもなくそれまでよりはるかに鋭い、突き刺すような泣き声が聞こえてきた。それはたちまち硬い岩になってわたしの胸を直撃した。その痛みは耐えがたく、身体から引きはがしてしまいたかった。そのうちにネグリジェの、乳首の高さのところに、白っぽい輪が見えた。ネグリジェを持ち上げてブラジャーをずらすと、乳が出ていた。それはほんの数滴だったけれど、それでもわたしは身震いした。

「どうしたの?」

「何でもないの」とわたしは、シーツで胸を隠しながら答えた。

「ちょっと彼らに言ってくるよ……やめさせてもらおうよ。きみ、ほんとに大丈夫なの?」

わたしに大丈夫なものなど、もうひとつもなかった。そのお乳だって、出るはずがないのに出たのだ。わたしの病んだ欲望の奥底から噴きだし、酸のように心をむしばみながら、それでもまったく無益なお乳。

そのときのわたしには、子どもを亡くしたばかりのペンギンの怒りが理解できた。わたしたちの怒りには、生きるか死ぬかの重みがあった。

「明日、便があるか見てみよう」とピエトロは言い、枕を頭に載せて押しつぶした。「ここを離れよう」

フォーラム《ピンクスペース・コム》3月2日10時7分

ミーラ

絶望した女性の皆さん、

子どもを何カ月かふところに抱いていたことがあったとしても、皆さんの多くは母親ではありません。それだけで母親だとは言えないのです。

わたしは自分が母親だと言えます。わたしがいい母親であるかどうかは、ときが経てばわかります。わたしには男の子がふたりいて、女の子らしきものを妊娠しています。三人のどの子についても、調べないことに決めていました。わたしがしたのは最低限必要なことだけで、超音波検査が何回かと、毎回の定期検診です。

わたしが知ろうと思わなかったのは、どっちにしたって産むことにしていたからです。神様の御意のままに、とわたしは思っていました。わたしがある種の選択をしたとしたら、それは勇気があったからではなくて、それどころか、うぬぼれていたからでしょう。わたしには、自分を神様の地位に就けるなんて、考えることもできません。

そんなうぬぼれから冒す行為はどれも、自分に消しようのない染みをつけることになります。なぜならわたしたちはみな罪人で、できることはただひとつ、主の審判とお慈悲に身を委ねることだけだからです。

それを忘れることは罪で、わたしたちを悪とその苦しみにさらすことになるのです。

皆さんも自分の内面を見つめて、赦しを願ってください。

エラ

このフォーラムに意見や判断を投げつけてくる生命尊重論者たちの干渉には我慢できません。あなたたちは中絶に反対なのですね？　そうですか、それはわかりました。でもあなたたちには、他人の痛みを少しでも配慮する気がありますか？　今ではわたしに名指しで、脅しや中傷のメッセージが送られてきます。わたしを人殺しと呼んだり、障碍者の敵だと非難したりすることしかできない人たちが書いてくるのです。なんと愚かしいことでしょう。そんなふうにして、何かが解決できるとでも思っているんでしょうか。あなたたちは痛みに痛みを重ねているだけだってことに、気がつかないんですか？　あなたたちは病気の胎児は殺さなかったかもしれないけれど、言葉の暴力で毎日わたしたちを殺しているのです。

ジョルジャとパオロの子どもは日曜日に生まれた。ルドヴィーコという名前がついた。ピエトロは彼らを訪ねたいと言い、いつまでも避けているわけにはいかないと言う。

「ぼくの言うこと聞こえた?」

ひとつ屋根の下に暮らし、毎日こんな調子で顔をつきあわせていたら、ふたりの距離は開くばかりで、おたがいに理解もできなくなってしまう。わたしたちの沈黙を埋めようと、満たされようのない空間にすべり込むのは、ふつうはテレビだった。

「だから?」

ピエトロには、わたしを無理やり連れだすことはできなかったし、強く求めることもできなかった。

「わかった、じゃあひとりで行くよ」と彼は言った。

わたしはもう文章を書かなかった。新聞をめくっても見出ししか読まなかった。あらゆるレベルの認知能力を失ってしまったかのようだった。忘れっぽくなり、書類も持たずに家を出、人の名前も、するべきことも思いだせなかった。食べ物は出来あいや、下の総菜屋で買ったもので済ました。冷蔵庫はほとんどいつも空っぽで、食品貯蔵庫も同じだった。わたしが友人たちのために、レシピと首っ引きで夕食作りに精を出したのを知っているキッチン、あらゆる道具がそろったあのみごとなキッチンが、今では役立たずになっていた。ピエトロには気づかれないようにしていたが、わたしはほとんどの時間をコンピューターの前で過ごしていた。すでに二カ月が過ぎ、出産予定日になるはずの日が近づいていた。でもわたしにとって、時間は十二月で止まっていた。病気のロレンツォのさまざまなシーンを目の前の画面に写しだしながら、そのシーンを生き直したら、別のフィナーレが訪れるような気がした。パッジ医師の診察室での診断、ピアッツァとの出会い、ウィルソンがくれた錠剤、冥界への下り坂をたどるわたしたちを記録したひとこまひとこまを生き直したら。

「ロンドンまでのチケットを買わなきゃ」とピエトロが言った。「きみはほんとにロンドンにも行きたくないの？　葬儀にも出なかったら、いつかきっと後悔すると思うよ」

「あれはただの胎児なのよ」わたしは声を強めた。

「きみが行かないなら、イタリアには連れてこない。あっちで埋葬してもらうよ」

彼の脅しは皮膚をひっかいたから、消毒する必要があった。

「で、墓石にはなんて書くわけ？　**障碍を負って生まれるはずだったので中絶することにした胎児がここに眠るって？**」

ピエトロは目をむいた。呼吸を整えるのに時間がかかった。「きみは精神科医に診てもらうほうがいいよ」と彼は言い、そこでも例のヘマを言った。「ぼくは同じことを二度は言わない。我慢にも限界がある」それからコートとルドヴィーコへの贈り物をつかんだ。静寂を破る玄関のドアの音が聞こえた。

人は成長するうちに、何ごとにも限界があることに気づく。愛にさえ。わたしたちの愛は強靱《きょうじん》で、壊すことなど不可能だと、ふたりともそう思い込んでいた。けれども愛はけっして癒えることのない傷で、つねに口を開こうと待ちかまえている。そしてつまらないことで腐り始める。

母がいつもの滑稽なメッセージを送ってきた。「あんたはあたしが死ぬのを見たいらしい。いいでしょう、それであんたが元気になるなら早くそうなることを願っている」

まるでわたしの人生にはまだ死が足りないみたいではないか。

電源を切ろうとしたとき、またメッセージが入った。「送金してね」と彼女は書き継いだ。「振り込みが遅れているよ」

母はわたしがまもなく職をなくして、蓄えも底を突きかけていることを考えているにちがいなかった。わたしはそのうちにピエトロに頼まなければならなくなる。今では彼が頼りなのだ。もしわたしが家を出たら、祖母の介護費用も捻出できなくなるだろう。わたしはほかの仕事を探さなければならない。でもこれまでの人生を書くことだけに費やしてきた女に、いったい何ができるだろうか。もうすべてを初めからやり直せるほど若くはないし、外では職のない女の子たちが列をなして、自分を賭けようと手ぐすね引いている。仕事の世界では、書くことができなくなったジャーナリストなど待っていてはくれないのだ。

ピエトロはロンドン行きの荷物を準備していた。わたしは旅行かばんに入れるものを彼に渡さなければならなかった。それなのに彼のセーターを手に持ったままベッドの上にじっと座っていた。すると彼はセーターを乱暴に剝ぎとった。それからジッパーを閉めると、沈黙を破った。「ロレンツォっていう名前だったんだ」彼は旅行かばんを肩にかけながら言った。「ただの胎児じゃなくて、ぼくの息子だった。墓石には彼の名前と名字だけ書けばいいんだよ」

ピエトロがいない家には幽霊が棲《す》みついた。夜になって、呼吸が荒く速めになると、わたしはバスルームに逃げ込んだ。暗さと静けさを和らげるために明かりと換気扇をつけた。ピエトロが家にいれば、寝室へ行って、そこにある彼の身体と、闇からわたしを守るたくましい彼の背中の存在を確かめたことだろう。でもその夜のわたしは、長いあいだバスルームのなかにいた。

わたしは怖かった。空中に何かが、ほこりのように細かい、息が詰まるような何かがあった。ひとりではない、とわたしは感じた。閉まったままの部屋の、通路に面したドアのように、その空気も怖かった。黒くて細かい無数の切れ端が暗がりのなかに四角形を描いていた。フィンクラーの言うことが本当なら、ロレンツォの魂がわたしの周囲で息をしているのかもしれなかった。でもわたしは、手を開いてここにおいでと言うことができなかった。恐怖が強すぎて、そんなことはできなかった。

わたしは気をまぎらそうとした。少し片づけることにして、洗面台の前の、小さな棚板の上のクリーム類を並べ替えた。筒状に巻かれた紙が目にとまった。妊娠検査の用紙だった。

九カ月前のわたしが、取っておこうと思ってそこに置いたのだ。息子の生命の最初の痕跡として。

わたしはその紙を手に取ると、やけどでもするかのようにくずかごのなかに捨てた。残っているほかのものもこうしなきゃ、と思った。音がしなかったから、紙は何か柔らかいものの上に落ちたにちがいなかった。かごのなかを覗くと、見えたのはピエトロのグリーンとブルーのチェックのセーターで、底のほうに丸まっていた。あの毛玉や糸くずが至るところからぶら下がっているセーターだった。特別のときに着るあれだった。

わたしは目をそらした。

わたしの日常に属するいろんなものをゆっくりと眺めた。バスタブ、三十年代風の小柄な女性の絵がついた石けん入れ、丸い鏡、ヘアピンや輪ゴムの入ったかご。それからカレンダー。ずっと十二月のままの。

それまではそんなことはなかったのに、そのときは、カレンダーを壁からはずしてめくってみたくなった。過ぎた日々を振り返って、妊娠中に注意を向けたことを思いだしてみたかった。

七月は記号や数字やメモでいっぱいだった。さらにめくると、八月には吐き気と頭痛、九月には羊水検査、十月には歯痛とあった。当時からすでに一世紀が過ぎたような気分だった。胎児の成長を記録しながら、ときどき何日が経過したかもメモしていた。それからいちばんつらい資料が出てきた。

十一月が終わったところの、公園の中央にあるベンチを描いた水彩の秋景色の下に、その資料を見つけた。懐妊してから二十六週と二日目だった。つまり六カ月と四日、あるいは百八十四日目のころ。そこには妊娠の各週を解説した本からの切り抜きがあった。「あなたの赤ちゃんはなんと成長したことでしょう。妊娠二十六週目に当たるこの週には、これまでしっかり閉じられて瞼の下に封印されていた目が開き始めます。新生児の大多数は青い目をして生まれますが、生後何週間かのあいだは、色の変化があります。赤ちゃんの神経組織はどんどん成長しています。あなたのお子さんは、この時期になると苦痛を感じることもできるのです」

ほかでもないそんな場所では思いだしたくもないこともいくつかあった。ほかでもないその日の、そんなときには。たとえば、タイで乳首から流れでてシーツをぬらしたお乳とか。エラという女性や、フォーラムのほかの多くの女性たちの投稿にあった、生命尊重論者からの脅しとか。出産予定日になるはずの数日前のその日に、そこの棚に見つけた妊娠検査結果の紙とか。そこのそのくずかごに投げ捨ててあったピエトロのセーターとか。ロレンツォがまだおなかにいたころ感じたにちがいない苦痛とか。

わたしは壁のカレンダーを引きはがし、くしゃくしゃにして投げ捨てた。それから床にくずおれて大泣きをした。冷たいマジョリカ焼きの床に開いた手の上を、何かが、あるいは誰かが、ゆっくりとかすかに触れていくような感じがした。

雑誌の編集部から電話があって、編集長がその週にコラムの中止を発表するということだった。八ページ目に、彼にしか書けない遠まわしな表現の短い文を載せるという。それからなるべく早く会って、契約状況についてじかに話しあいたい、わたしが雑誌への興味を失っているのは残念だ、と相手は言った。わたしは自信がなかったけれど、なるべく早く会うことにすると電話で約束した。嘘をつくのは楽ではなかった。

携帯電話から目を上げると、みんなが一斉に目に入った。わたしのように診察の順番を待っているマリーナ医師の患者たちが。

わたしたちは養魚場の魚みたいだった。見えない流れに乗って移動しながら、誰が初めに呼ばれるのかは知らない。なかのふたりの腹部は目立っていたけれど、何カ月なのかは、わたしにはもうわからない。彼女たちと似たような状況にあったときから、もうかなりの年月が経ってしまったように思える。彼女たちを見ながら、おなかにいるのは元気な子どもなのか、それともロレンツォのように、この世の光を見ないことになる子どもなのかと考える。まだおなかにいる命を寛い心で祝福したいとは思っても、わたしにはできない。わたしはそのふたりが誰にも譲れない権利として持っている幸福をねたんだ。

マリーナが入口に現れて、入るようにと合図した。わたしがいちばんなのだ。わたしをほかの女性たちと一緒に待たせておくわけにはいかないと思ったのだろう。

わたしは内診台に横になった。足を広げて金属製の足台に載せた。鋼鉄の冷たさが背中まで伝わってきた。マリーナは母親を思わせるいつもの微笑を浮かべながら、超音波診断装置のプローブを膣内に挿入して観察している。やり方は丁寧だけれど、わたしにはどうしても暴力のように思えてしまう。装置のモニターに、光と影が戯れるような薄い灰色の染みが現れた。子宮も心と同じように、なかが根こそぎ剝ぎとられていた。以前にはロレンツォがいて、探られていることなどつゆ知らずにゆらゆらと浮かんでいたところに、今ではもう染みが見えるだけだった。マリーナが再出発を促すのが、その誰もいない灰色の世界からだということは、矛盾しているように思われた。

「子宮はまったく問題ないわ」と彼女は、わたしを元気づけようとして言った。「子宮内膜は新たな排卵に備えていますよ」それから彼女は、わたしとよく似た体験をしながら、今ではふたりや三人の子どもを持っている人たちの例を並べ始めた。健康でとても愛らしい子どもたちは、親たちをすっかり満足させているという。

後で完璧な子どもを持つために欠陥のある子どもを葬り去るということか、とわたしは考え、生命は交換可能な商品ではないのにと思った。

わたしはショーツを穿きながら、「まだ心の準備ができてないので」とだけ言った。

マリーナはわたしの手首を強く握った。心からの思いやりがにじみでたようなしぐさだった。彼女の切れ長の目が、プラスティックのヘアピンでまとめたわたしの汚れた髪に落ち、それから古い靴に、かじった爪に、着古したブラウスに落ちた。自分に負けまいとして毎朝している努力の上に。彼女の前にいても気詰まりは感じなかったけれど、気が休まるわけでもなかった。

「しっかりしなきゃ」と彼女は言った。「今までの経験からひとつだけわたしにできることは、なるべく早く次の子を作りなさい、って言うことよ」

彼女はわたしに別れの挨拶をする前に、精神科医の名刺を一枚くれながら、わたしがまだ、専門家に見てもらおうという気にもなっていないことに驚いていた。

彼に出会ったのはクリニックの出口で、駐車場の金属製の柵から数メートルのところだった。わたしは真昼の太陽の光にやっと目をあけながら、彼が黒っぽいリムジンから出てくるところを見た。運転席にはどう見ても運転手に見える男がいた。車から降りたのは彼だけではなくて、わたしと同い年くらいの、エレガントなブロンドの女性が一緒だった。その人は信じられないほどわたしによく似ていた。彼女はまだ幼いふたりの子どもの手を引いていた。子どもたちも金髪で、まるで天国からさらってきた天使のように愛らしかった。彼のほうは堂々とした風格で、みんなの後を追う前に、ピンク色のフランネルにくるまれた新生児を運転手から受けとっていた。その子は家族に最後に加わったひとりだった。

わたしは自分にそっくりの目鼻立ちから彼が誰だかわかった。わたしの観念上の父親であるロマーノだった。もう何十年も前に母の心を奪っておきながら、それに応える労もとろうとしなかった男。

女性は彼の娘、**じつの**娘にちがいなかった。そして彼の孫たちもいた。男の子がふたりと生まれて数日の女の子。

一同はいかにも誇り高く、満足そうな様子だった。女性はすでに出産から回復し、ぴっちりした黒いチューブドレスを着て、真珠貝色のショールを巻いていた。艶のある髪は後ろに梳《と》かされて、ジプシーみたいなわたしの髪のようではなかった。父親は彼の娘と孫たちをまるで初めて会ったような目で見ていた。彼の顔には、父親たちが自分が叶えることのできる最大限の夢を叶えたときの、満足そうな微笑が浮かんでいた。

あれはわたしの人生のはずなのだ、とわたしは、アスファルトの道路に突っ立ったまま独りごちた。それは、遠い過去に発したまま満たされることのなかった願望への心痛だった。そして、どういうわけかそのときわたしは、その満たされなかった願望が至るところに、あらゆる思考、あらゆる行動、あらゆる選択に浸み込んでいることに気がついた。

ロマーノはわたしの横を通りながら、目のなかを覗いた。すばやくぞんざいな一瞥のなかに、同じ種に属することを確かめあうふたつの生き物の、遠く深い因縁がかいま見えた。彼を揺さぶったのはおぼろげな記憶なのか、それとも得体の知れない胸騒ぎなのか。わたしは見知らぬ相手でしかなかったけれど、わたしの持つ親しげな気配が何かをざわめかせたにちがいなかった。わたしは彼の娘の色黒で髪の乱れたコピーで、わたしのなかには、忘れていた古い恋を思いださせる何かがあった。わたしは過去から抜けだした人間なのに、現代という新しい世代の時代を生きていて、孫が生まれる時代を生きていた。わたしは近くにいながら、同時にはるかに遠い存在でもあった。子どものころの記憶のように神秘的でもの寂しい存在。まもなくロマーノは視線をはずしてそのまま歩いて行った。彼が家族のほかの人たちと一緒に診療所の入口に着くのを見ながら、彼の気持ちのなかにはわたしの何が残っているだろうか、わたしは彼の頭にどれほどの時間留まっているだろうか、と考えた。その一瞬後には、彼は入口の滑りのよいドアに吸い込まれていた。自分がわたしの父である人より深くわたしに関わっていることも、わたしのそれまでの人生はもしかしたら、彼に追いつくための無益で長い試みでしかなかったことも、想像さえしないで。

ふいに母の姿が目に浮かんだ。母はまだ若くて、出産という試練を乗り越えて、わたしを初めて両腕に抱いていた。わたしは母の娘で、顔の造りは彼女に似ていた。けれども母の内密の願望がにじみでたかのように、わたしはロマーノにも似ていた。それなのにその病院のカーテンもない小さな部屋に、彼はいなかった。夏のむっとする蒸し暑さのなか、別の男が入口に、たった今父親になったことを誇るようにしてたたずんでいた。彼は不似合いな醜いコピーでしかないのに、堂々とそこにいて、それからわたしたちのベッドのそばに来た。彼はわたしを腕にとってほほえんだ。しかしわたしの母の目には、その男が突然、まなざしも、微笑も、顔立ちも、ロマーノには似ても似つかぬ男になった。魔法がふいに解けたのだ。わたしを産み落としたばかりの女の血の気のない唇から、微笑の跡がたちまち消えた。すべてはすでにわかっていたことなのに。祖母の家のベッドにはまだ薄い紙に包まれたままの古風なレースの婚礼衣装が置かれ、床にはサイズが三八の白い繻子《しゅす》の靴が並べられ、玄関の優美な小卓には披露宴のメニューが載っていた。母は目を閉じ、開いたときには、一瞬でありのままのわたしたちを見た。

わたしにも母の姿が鮮明に見えた。白いコットンのネグリジェを着たやせっぽちの女の子が。うぶな女のベールをことごとく剝ぎとって一度に彼女を襲った人生が。彼女はおなかが太鼓みたいに張り、わたしの小さな足が子宮の首に届くまで、最後の最後までがんばった。目はつねに別のところに、言葉にならなかったことや実現できなかった行為で満ちた過去の日々に向け、いつかは開けるかもしれない別の未来に向けながら。しかしその、経験のない受精という行為に、どうしてかうっかりはまってしまった結果、ひとつのまっとうな生命が織り上げられ、それがふいに大きなものへと成長したのだ。それは圧倒されるほど巨大な蜘蛛の巣だった。柔らかな足を持つ一匹の昆虫でしかなかった母は、やがて究極の何かになるはずのその粘っこいものにからめとられた。失意の花嫁であったわたしの母は。弱々しい獲物でしかなかった母は。

理想と現実を一致させようとする試みはほとんどいつも負け戦になる。合わないへりを合わせようとしても無理なのだ。わたしはそれを、息子が超音波診断装置のモニターの、音はないけど騒々しい落書きみたいなものの中央に現れたときに理解した。わたしの母もそのことに、わたしを初めて腕にとって、まだあいまいではっきりしない顔立ちのなかに、自分と自分の大恋愛のなごりを見つけようとしたとき、気がついたにちがいない。これまでそんなことは考えたこともなかったけれど、今のわたしは自問する。母はその午後かその後の数日のうちに、わたしの目のうちを覗きながら、胆汁のように苦い、口に出せない言葉を歯のあいだでかみしめたことが、たとえ一瞬でもなかっただろうかと。わたしを中絶しなかったことへの後悔が、一度でも心をよぎったことがなかっただろうかと。

「今感じていることを話してください」

マリーナが紹介してくれたルチディ医師の診察室は、フォーラムを除けば、わたしが自由に話せる数少ない場所のひとつだった。外の世界では、わたしの息子のことは終わりまで達しなかった妊娠でしかなく、弱すぎて生きられなかった胎児であって、その上に今では、冷ややかな困惑というヴェールがかぶさっていた。外の世界では、わたしたちの選択は明言することのできないもので、無知と偽善による圧迫に押しつぶされる運命にあった。

ルチディ医師はことの成りゆきを細かいことまで知っていた。マリーナがわたしのことを話していたし、そのほかのことについては、肘かけ椅子でくつろぎながらわたし自身が話していた。

診察室には居間のような親しみやすい雰囲気があった。医師は花柄のソファに座り、彼女の後ろの若草色の広い壁には、のどかな風景を描いた五枚の絵がかかっていた。カーテンはわたしの知らない、ふわふわした軽い布地でできていた。暖かい光を発する照明器具がいくつかあった。凝った調度品はないけれど、全体として快い場所だった。

わたしが語る長い話に耳を傾けていた医師の顔に、かすかなためらいみたいなものが浮かんだ。彼女は四十歳ぐらいで、それより上には見えなかった。ほっそりした均整のとれた身体を、しなやかな衣服がいっそう美しく見せていた。母親には見えなかった。余計なことかもしれないけれど、彼女のようなキャリアウーマンに、出産に失敗した母親の気持ちがどれだけ理解できるのだろうかとわたしは考えた。女の世界では母性は越えられない分岐点で、微妙なところを察知して結び目を解くには、本やマニュアルだけでは不十分なのだ。それに治療的中絶について、これまでに何がどれだけ書かれてきただろうか。そのテーマは彼女が学んだことのなかにすでに入っていたのだろうか。それとも平穏な研究生活を、今回思いがけない突風のように襲ったのだろうか。

そう思ったとたんにわたしは、自分の心を閉ざしてしまった。医師にはあいまいな返事しかできなくなった。気分が冴えなかった。

医師のほうは諦めなかった。ふたりのあいだに通路を見つけようと、出入り口を探そうと、わたしの話を詳しく分析した。わたしの来た道をたどろうとした。これまでにわたしが彼女に与えた、言葉だけでないあらゆる情報をもう一度考え、それから言った。「あなたのパートナーはあなたとは逆に、躊躇とか疑問とかは一切持たなかったのですね。何をするべきかについて、最初の瞬間から心が決まっていたようだと、わたしに言いましたよね？」

わたしはそんなことまでしゃべったことを後悔した。もしピエトロがいなかったらそんな状況には陥らなかっただろうなんて、そんなふうには考えてほしくなかった。でもわたしの記憶はこし器のように穴だらけで、思い出は時間をおかずにその穴を通り抜けてしまっていたから、すでに口に出したことを頭のなかで構成し直してみようとしても無理だった。それより否定するほうがいい。

「そういったことは、お話ししたことはないように思いますが」とわたしは質《ただ》した。

「ではあなたの罪の意識はどこから来るとお思いですか?」

「それについても話したことはないと思います」

じつを言えば、それは悪臭がするごみの大袋のようにいつもわたしにまとわりついていて、隠すこともできなかったのだ。できれば追い払ってしまいたかったし、ピエトロも同じだったと思う。わたしたちはもう何カ月も責任を相手に押しつけあっていた。中絶したのはやむを得ないことだったと思えたとしたら、わたしの荷は軽くなっていただろう。すべてはピエトロのためだとすれば。彼がそう決めなかったら、ロンドン行きの飛行機にはけっして乗らなかっただろうと思えば。そう思おうとはしたけれど無駄だった。そこでわたしは考えた、この恨みを育てているのは何だろう、彼の腕に抱かれたくないのはどうしてだろうと。かつてピエトロはわたしの目標で、確固とした存在だった。ロレンツォが錨《いかり》を上げてそんなふたりを流れに押しだした。でもわたしたちの関係は、妊娠するずっと前からすでに傾き始めていたのだ。妊娠しようという努力を重ねるうちに、ふたりの関係は悪夢みたいになっていった。ふたりとも、厄介な寄生虫みたいに棲みついた不満をため込み、わたしは自分が彼の妻にふさわしくないのではないかと苦悶していた。そしてわたしは、自分には彼を幸せにすることなどけっしてできないのだと確信していた。

医師は方向を変えて横の小道に入った。「お子さんを考えるとき」と彼女は訊いた。「どこにいてほしいと思いますか?」

想像はいつでもわたしを捉えて放さなかった。けれどもわたしは、想像の世界でも現実生活の場と同じで、冷ややかで短気なほうだった。夏の午後の、陽気は申し分なく、穏やかな波が水ぎわを洗っているときでも、突然そんな風景にうんざりすることがあった。ふつうの人なら飽きずに眺めている景色が、わたしにとってはあるとき突然退屈なものになってしまう。幸福はわたしにとっては、移ろいやすいもの、変質しやすいものだった。それなのに彼女は今わたしに、あるひとつの場所をきちんと選ばせ、そこに息子を永遠に住まわせようとしているのだ。

フォーラムの女性たちのなかにも、自分の子どもは天使になっていつでも自分たちを見守っていてくれるという幻想に浸っている人が少なくなかった。でもわたしは、自分の息子の存在をわたしの見守り役と考えることはできなかった。永遠に幼児のまま、雲のあいだで遊んでいてほしいと願うこともできなかった。天国が永遠の証になるとも思えなかった。わたしは人間世界にあまりにも深く根を張っていたから、時間と空間の次元を破って、聖書の言うような甘ったるいつかみどころのない場所に自分を預けることができなかった。それよりむしろ、フィンクラーに教えられた、仏教の言う転生の考え方になら、救いを求めることができそうだった。ロレンツォの魂はわたしの傍らにいて、新たな妊娠を通して子宮に戻ってくる日を待っているという。でももう子どもはできないかもしれなくて、そうするとロレンツォはいつまでも幕間《まくあい》に留まるという危険がある。そんなシナリオも受け入れがたかった。

本音を明かせば、そんなことはどれも想像さえできなかった。七カ月のあいだ、超音波診断装置のモニターに浮かぶ暗い影の向こうのロレンツォには顔がなかった。妊娠中にときどきわたしの夢に現れたロレンツォは、ロマーノの孫たちのような金髪のじつに愛らしい赤ん坊で、ピエトロの遠縁のおばさんに似た青い目をしていたり、鼻がわたしの鼻のように上を向いていたり、マティルデのような卵形の顔をしていたりした。そのわたしが、そんな子どもの幻影は消し去って、小さすぎて顔立ちなど誰にも判別できなかった、すべり落ちた胎児に考えを戻せと言われているのだ。たとえわたしがそうしようと努力して、年月をたどったとしても、想像などできないことには変わりない。呼吸をしている彼を想像するなんて、考えただけで骨が折れる。けれども何にもましてむずかしいのは、わたし自身を奇形のなかに映してみることであり、自分の似姿を障碍のなかに見ることなのだ。

でも精神科医にはそんなことはひとことも言わなかった。わたしは彼女のやり方をまねて、質問で答えることにした。「見たこともない人を想像するなんて、どうしたらできるのでしょうか？」と。

そしてわたしは、うつろなのに容赦のない視線を彼女に浴びせながら考えた。これほど悲痛でこれほど根深い欠乏感を、はたして彼女に感じとることができるのだろうか、まるで手足の一本が引きちぎられ、ぼろぼろになってぬれそぼちながら崖っぷちに立ち、もはや調和のとれた身体もまともな思考も失った状態を。それまでおたがいを知りもしなかった相手に、そんな欠乏感を感じることができるのだろうかと。

フォーラム《ピンクスペース・コム》3月5日11時31分

ミミ

このフォーラムに加わったのは、皆さんの苦しみとすべての選択に深い敬意を覚えていることを伝えたかったからです。人生は迷路で、誰もが出口を探しています。何かの事情で出口が見つからないうちは、おそらく、自分が今たどっている道をひたすら進んでいくのがいいのでしょう。

おなかに宿った生命をそのままにしておくかどうかの選択に向きあうことがいかに困難なことであるか、わたしは知っています。育つべき人間に対しての計り知れない責任を前にして、自分がひとりぼっちだと感じたときの不安がどれほど大きいものであるかも知っています。わたしは十八歳のときに中絶をしました。生きていたらどんなだろうか、誰に似ているだろうかと、今でもときどき考えます。でもその選択の後の人生は、そんなに早く母親になったらとても進めなかった道を、わたしのために用意していたのです。大きな満足をもたらした道を。今のわたしは自立した女で、まわりの人たちに愛され尊敬もされています。何よりもまず、わたしは勉強することができて、二十八歳のときにはリハビリテーションの専門医になりました。大学で知りあった研究仲間と結婚し、ふたりのすてきな女の子の母親にもなりました。もしわたしが中絶の道を選んでいなかったら、彼女たちが存在しないのはきわめて明らかなことです。こんなことを近ごろよく考えるのは、わたしがふたたび苛酷な試練に遭遇したからなのです。今わたしは妊娠八カ月ですが、すでに四カ月目のころから知っていました、子どもは生き残れないだろうと。なぜなら彼には小頭症があるからです。わたしのおなかを出た後は、早々に消えていくことになるでしょう。わたしは治療的中絶を勧められました。もし問題が生命を死との境にまで追いやる染色体異常だったら、中絶することにためらいは感じなかったでしょう。でもわたしはこうも言われました。もし我が子を果敢にこの世に送りだすことができるなら、彼は臓器を贈ることによって、苦境にある多くの新生児の命を救うことができるだろうと。だからわたしはそのまま妊娠を続けることにしたのです。

これはたやすい道ではありません。毎朝目が覚めたとき、育っている彼を感じながら、自分のもとに置いておきたいと思っても、何もできないのです。ばかげた話ですが、わたしはときどき、十八歳のときにした中絶とこの信じがたい体験を結びつけて、これで清算されるのかと、考えてみたくなります。わたしは無神論者の医師として、その答えは信仰にではなく、理性に求めようとしています。けれども人生はときとして驚くほど意外な展開を見せるので、理性だけでは解決できません。

あなたたちみんなのために、この体験を書きました。今ふところに抱く子どもが死ぬのを見る日を待ちながら、たくさんのお母さんたちの顔に微笑が浮かぶのも見たいと願う、一母親から。

暑くなり始めた。その年は暑さがいつもより早く、まるで津波のように襲ってきて、わたしたちを驚かせた。

その日は日曜日で、時間の進まない危険な日だった。わたしとピエトロはテレビの前にいた。コマーシャルの前にドキュメンタリーがひとつ入った。記憶違いでなければ、それはある哺乳類の交配を扱っていたけれど、何の動物かは覚えていない。少なくともわたしが覚えているのは、雌が雄を選ぶとき、ほかのではなくある個体を選ぶには、それなりの理由があるということだ。種の保存の欲求のほかに、種を守り改良しようという本能があって、そのために、雌に選ばれた雄は通常、見た目は男性的で、繁殖能力も高い。その後のコマーシャルには、離乳食と笑っている金髪の男の子が出てきた。子どもはどこにでもいた。わたしにはどの子もとてもかわいく見える。耐えがたいほど健康でかわいく見える。

シャワーが浴びたくなった。


バスルームの壁には新しいカレンダーがかかっていた。

去年のカレンダーと同じシリーズのもので、プロヴァンスの伝統的な手法で描かれた水彩画だった。初めのは前の年にオランジュの小さな古物市場で買っていた。ピエトロはどうやって新しいのを見つけたのだろうと思った。

カレンダーは三月が開いていた。よく見ると、鉛筆書きの小さなしるしが目に入った。わたしはカレンダーを手にとってめくり、何のしるしなのかを見てみようとした。それは星じるしで、日づけの数字の上に、見たところ根拠らしいものもなく、あちこちについていた。

ドアの向こうにピエトロの視線を感じた。彼はそっとノックをして、「なかにいるの?」と訊いた。わたしはええと返事をした。でもわたしの声はか細くて、井戸の底に沈んでしまっているみたいだった。

わたしはドアをあけて思いがけない贈り物の礼を言い、たくさんある星じるしの意味は何なのかと訊くこともできたのに、そうはしなかった。わたしたちのあいだで何かが壊れていくのを、日に日に感じていた。まだ信頼感は失っていないと無理に思い込もうとしながらも、ピエトロが、まるで生命を失った身体を生き返らせようとするかのように、わたしたちの愛に固執している痛ましい姿を、目の当たりにしているような気分だった。わたしには、負けないでと祈ることしかできなかった。

「散歩に行くけど」と彼は言った。「きみも来る?」

「行かない」

彼がためらっているのがわかった。たぶんそこへ入ってきて平手打ちでもしたいところだったのだろう。それから廊下にくぐもったような足音がして、玄関のドアがいきなり閉まる音がした。わたしはカレンダーを手に持ってあちこちを見まわした。そうやっているうちに、裏に何かが書かれているのに気がついた。それは注釈みたいな短いメモで、そこには星じるしひとつひとつが持つ意味が明かされていた。

「きみが微笑をひとつもらすたびに」と書かれていた。

マティルデがわたしたちを夕食に招いた。ピエトロの両親はしばらく前からわたしに会っていなかった。わたしは特別の折に適した服を探し、髪を軽く整えて化粧をした。マティルデはそういうことにはこだわったから、わたしも彼女を、つまりはピエトロを失望させたくなかった。身繕いをしているあいだに、新たな活力が皮膚の下を走った。それはふたたび自分のことにかまけたいという欲望だった。栄養に気を配るとか、身体を動かし始めるとかいった、それまでは考えることもできなかったありふれた活動への欲望だった。何かよいことが起こりそうな兆しだった。

ドアをあけたメイドの名前はエアリーンと言った。若くて細すぎるくらいの女性で、疑り深そうな目をしていた。彼女は藍色の壁とコバルトブルーの敷物のある、マティルデの家の優美な玄関でわたしを迎えた。玄関から応接間がいくつも続いていた。誰かほかの人の姿も見えた。黒っぽいその姿は、遠くから見るとまるで幽霊みたいだった。進むうちにその人の輪郭が見えてきた。それは司祭だった。それまでに会ったことのない司祭だった。でもわたしはそこにいた人たちと一緒にはならなかった。マティルデが彼を応接間の隣の部屋に押し入れて、ピエトロも彼と一緒にその部屋へ押し込んでしまったからだ。まるでそれは秘密で、わたしの目には触れさせまいとしているかのようだった。

それから彼女はわたしのほうへ来た。作り笑いでわたしを迎え、食前酒《アペリティフ》のためのカナッペが載った大皿を差しだした。レオナルドは妻にくらべて淡泊で素っ気なかったが、まさにそのために、わたしにはいつもまともに見えた。

「失礼かとは思ったけれど、ジョルジョ神父もお呼びしたんですよ」とマティルデがもったいぶった言い方で言った。「ピエトロが彼とちょっと話をしたいと言ってたものだから。すぐに出てくるでしょう」

わたしはカナッペとスパークリングワインを丁重に辞退し、罠の奥のネズミみたいになって肘かけ椅子に座った。わたしたちは三人だけでもの問いたげな視線をかわしていた。

そのうちにマティルデが会話を再開し、説教じみた口調で言った。「ピエトロから聞きましたが、あなたがたはもう何年も日曜日のミサに行っていないそうですね。わたしたちと一緒に教区の教会に行きたがらないのはわかりますが、信仰から遠ざかってしまったのはじつに残念なことですね」

彼女の言葉は訓戒だった。わたしがピエトロを無秩序な道へ連れだしたのだ。教会の教えからは遠いみだらな同棲を彼に強いているのだ。だから彼女は今や、母親という保護者として、彼を取り戻そうとしているのだった。

でもピエトロとわたしはそんなことで衝突したことなど一度もなかった。教会の教えに従わなかったのはわたしが意図したことではなくて、ピエトロがいつのまにか身につけていった怠惰な習慣でしかなかった。今のマンションに移って以来、日曜日の朝にはいつも言い訳があった。「お宅の教会は遠すぎる」とか「この町のではない、よそのミサに出よう」とか。でもほとんどの場合、ふたりはベッドのなかで過ごしていたのだ。日曜日はピエトロを独り占めできる唯一の日だった。マティルデからの電話があるかもしれないと思って、朝はいつも携帯電話の電源を切り、家の電話も切っていた。

「クリスマスの出来事があったから」とマティルデは続けた。「あなた方は主と和解することが大事だと思いましてね」

そうだったのか。まるでわたしの妊娠などなかったかのように、それについてはそれまで話題にも上らなかった。ロレンツォの名前は、その家の玄関や廊下や食堂を飾る高価な絨毯の下のほこりくずでしかなかったのだ。しかしその夜はそうではなかった。その夜のロレンツォは修復が可能な事故だった。そのためにジョルジョ神父が呼ばれていたのだ。和解の仲立ちをするために。赦免されさえすれば、わたしたちもついに前を向くことができるというわけだった。わたしには始まったとも思えない、それが起こる原因などわたしには理解もできない戦いに、終止符を打つことによって。

「マティルデ、もういいよ」レオナルドが気遣いをこめた微笑を浮かべてなかに入った。わたしの手を取ると、食堂のほうへ案内した。

ピエトロが育った家のなかを歩くたびにわたしは居心地の悪さを感じていた。そこは非の打ちどころがなかった。装飾がほどこされた高い天井、ピアノ、壁を埋める美術書、クリスタルガラスのシャンデリア、廊下の優美な小卓に載った腹の丸い古代風の花瓶。その家は障碍と痛みにゆがんだ不完全な身体には似つかわしくなかった。そしてマティルデの微笑や、彼女の誇らかで凜とした立ち居振る舞いも。自分の家族からさえ見捨てられていると感じる障碍児の親は少なくない。たぶんわたしも息子と一緒に、今わたしたちが踏んでいる絨毯の下に住んでいるということなのだろう。目には見えない恥で重くなった絨毯の下に。

キッチンのそばを通った。エアリーンがまな板からイセエビを手にとって、火にかけた鍋にまだ生きたまま入れようとしていた。金属の鍋肌をその哀れな動物が何度もひっかくのがわかった。メイドは両手で蓋《ふた》を押さえながら、動きが収まるのを待っていた。

食卓はいつものように上品に調えられていた。みんなが席に着くと、エアリーンの夫が赤ワインを杯に注ぎ、グラスのそばに置かれたそれ用の銀の小皿に小ぶりのブリオシュを配った。数分後にピエトロも加わった。

彼はくつろいだまなざしをしていた。わたしがイブニングドレスを着て化粧をし、髪も整えていることに目を留めた。彼はまるでそのとき初めて出会ったかのように驚いていた。目を輝かせながらわたしの頬に口づけをした。

それから彼はジョルジョ神父をわたしに紹介した。背の低い人で、肉がつきすぎて重そうだった。顔はふくよかで温かみがあり、ふくらんだ瞼の下にはまった黒っぽい目だけが際立っていた。わたしたちは形式的な挨拶をかわした。

一同は食事を始める準備ができていた。家の主人たちが一口の味見で納得したハーブ入りリゾットが供された。エアリーンの夫は煮えたぎる大皿を支えながら一同のまわりを巡っていた。そのあいだみんなは、教区教会に充てられる資金や復活祭の準備のことなどを話していた。ピエトロが撮った写真の話も出た。わたしは周囲の人たちの唇が動いたり笑ったりするのを眺めながら、話についていくことができなかった。でも舅と姑の言葉のやりとりは例外だった。レオナルドはマティルデが同意することのことごとくを皮肉を込めてしつこく非難し、マティルデも同じことをしていた。そんなふうで、うわべを繕った偽善的な空気が底を流れていたのに、雰囲気は楽しげで、かつてわたしに憧れや感嘆の念を抱かせた、いかにも親密な温かさに包まれていた。けれどもそのときのわたしには、違和感しか感じられなかった。ピエトロが見るからにくつろいでいることが、わたしの神経に障っていた。

イセエビが食卓に配られたとき、マティルデはわたしに、しばらく前から通っているピラティスの教室の話をし、それは骨には特別に効くと言った。わたしは気を張りながらも心ここにあらずで、眉の奥にいやな圧迫感を覚えながら、話を聞こうと努めていた。教室には仲良しグループと毎週木曜日に行くと彼女は言い、一度そこに行ってみないかとわたしを誘った。わたしがはいと返事をすると、彼女は勝ち誇ったような顔をしてピエトロを見た。まるでとんでもない危険からわたしを救いだしたみたいな顔をして。

ジョルジョ神父はイセエビを均等な大きさに切り裂いた。それを長いことかんでから飲み下した。まるで手の込んだ厳格な儀式みたいだった。わたしの頭のなかには、火にかかった鍋ではさみや足がたてる騒々しい音が鳴り響いていた。彼はグラスの水を少し飲んでからわたしに目を向けた。わたしに仕事のことを尋ね、コラムの連載をやめてしまったことを残念がった。けれども彼はそれより多くのことを知っていた。ピエトロが今しがた打ち明けたすべてのことを知っていた。それを物語るように、悲しそうな目をしているとわたしに言った。そして、夕食後にふたりだけで話ができればうれしいと言った。彼がその家に呼ばれたのはそのためだったのだ。わたしは仕方なくうなずいたけれど、その時点でどうしてもしたくなかったことは、この世における神の代理人であるはずの人に告解することだった。わたしには彼が、世俗の女性を聖なる祭壇に上らせる意図で、ジャンナ・ベレッタ・モッラ（訳注＝一九二二―一九六二、イタリアの医師。二〇〇四年に聖人に列せられた）を選んだ団体の、代弁者だと知っただけで十分だった。彼女は腹に宿していた子どもの中絶手術はしないと固く誓って、子宮にできた腫瘍の治療はせずに死に向かうことを選んだ女性だった。わたしがした選択から、これほど遠い人はいなかった。

わたしは夕食が終わるのを待ってピエトロのそばに行き、家へ連れ帰ってほしいと言った。気分がよくないからと。ジョルジョ神父に捕まるまいと思った。ピエトロはうんと言った。マティルデとレオナルドはもうしばらくいるようにと何度も言ったけれど、わたしは頑として譲らなかった。「すみません、頭痛がするものですから」

エレベーターのなかでピエトロはわたしの目をじっと覗き込んだ。「何か不都合なことでもあるの？」

ケージが降り始め、揺れにふたりともよろめいた。

「何も」とわたしは、金属製の壁を片手で押えながら答えた。

「きみのことはわかってるよ」

「ほんとにわかってるなら、司祭と話す必要なんかないこと、わかるでしょ。あたしは四人だけのつもりでいたのよ」

エレベーターの階数ランプが逆算を始めた。六、五……。

「ジョルジョ神父みたいに繊細で心優しい人と話したら、きみの助けになるだろうと思ったんだ」

「あたしは助けなんかいらないの。罪の赦しだってね。あなたとは違うのよ。あなたは彼に赦しを求めたかもしれないけど」
五、四……。重力に逆らって降りているおかげで、わたしは軽くなって、持ち上げられているみたいだった。
「ああぼくは告解をしたし、赦しも求めたよ……」ピエトロはわたしをじっと見つめたままそう言った。「そんな気持ちを持つことを恥じてはいないし」
四、三……。
「赦してほしいなら後悔してるってことよね。それってどこから見てもまやかしじゃないの？あなたは後悔してもいないことに赦しを求めたのよ。だって、またもとに戻って同じことが起こったら、あたしたちは間違いなく同じことをするでしょうからね。そうじゃない？」
三、二……。

「たしかに同じことをするだろうね」

「じゃあなんの赦しを求めるわけ？」

「人間であることのだよ」
二、一。

フォーラム《ピンクスペース・コム》3月25日22時13分

ヴィオラディマーレ

わたしは幼いころ、答えることもできない宗教上の質問をして、たびたび母を困らせていました。最初のはこんなのでした。「ママ、イエス様はどうしてラザロを生き返らせたの？ラザロだっていつかは死ななきゃならないことぐらい、誰だってわかっているのに。そんなことしたら、ラザロは二回も死ぬことになってかわいそうだってこと、わからないのかしら」それから大きくなるにつれて、神学的にはそれほどむずかしくないけれど、毎日の生き方についてのもっと込み入った問題に移っていきました。「離婚した後、どうしてママはもう聖体拝領ができないの？　パパが家を出てエリザベッタのところへ行ったのはママのせいなの？　司祭が言ったように、まだ三十五歳でも残りの人生は独身でいなきゃいけないのも、ママのせいなの？」といった具合です。その後も、腑《ふ》に落ちないことはまだたくさん出てきました。でもこんなことはもう過去の話になりました。母は今ではもう答えることができないからです。答えたくないとか、説得力のある答えが見つからないとかではなくて、昏睡《こんすい》状態になってしまっているからです。もう四年前から、見る影もない困った状態に陥っているのです。人がなんと言おうと、わたしの頭からは、こうした災難の裏には神の意思などあるはずがないという確信は、消し去ることができません。

わたしがこのフォーラムに投稿しようと思ったのには、ふたつの理由があります。ひとつは、昨年遺伝的障碍を持った子を二度も流産していて、皆さんの投稿を読むことがわたしの慰めになっているからです。母がいつも言っていたように、わたしよりもっと悪い状況にある人のことを考えれば、心が慰められます。だから皆さんに感謝しています。皆さんのなかには、わたしよりはるかにつらい思いをしていて、気が休まる暇もない人たちがいるのですから。ふたつ目の理由は、皆さんの手紙を読んでいるうちに気がついたからです、皆さんを真底苦しめているのは、神の意思の問題だということに。皆さんはご自分の選択や子どもたちの病気の言い訳になるものを必死に求めています。それで子どもたちを、ふいにたくさんのかわいい天使にしてしまったのです。わたしから見れば、そして皆さんにもそう思ってほしいのですが、そんなことをしていたら、いつまでたっても泥沼から抜けだすことができません。わたしは本当に知りたいのです、皆さんがその「神」をどう思っているのかを。まだ生まれても来ない子どもにそんな苦しみを与えることが神の意思だと、皆さんはお考えですか？　さらに、出生前診断のために科学が用意した手段についても、どうお考えですか？それは、ほんのしばらく前までは不治と考えられていた病気を克服させたのと同じ進歩の成果でしょうか。それともそうとは言えないのでしょうか。いったい何がどうなっているのでしょう。科学の進歩と一緒に、神の意思も進化したと言えるのでしょうか。わたしが見るところ、人はあまりにも神のことを口に出しすぎてはいませんか？　そのために泥沼にはまる一方なのは否定できません。あげくのはてに、選択の自由まで奪われてしまっているのです。その例を挙げましょうか。手始めに、中絶や死といった差し迫った問題を扱うこの国の法律を考えてみましょう。神はこのような政治的問題には介入するべきでないとわたしは思います。誰もがみな神を信じているわけではないのですから。それから、「良心に従って中絶に反対する」タイプ以外の医者の数が少なくなっている現状からして、中絶を許可するための現にある数少ない法律が守られるだろうとは、ますます考えにくくなっています。というのは、道徳を重んじるこの国では、良心から中絶に異議を唱えることが、キャリアを積むための一種の通行証になってしまっているように見えるからです。

しかし実際には、親愛なる皆さん、人生は情報や、教会、国家、評論家、その方面のエキスパートなどあらゆる人びとがわたしたちに信じ込ませようとしているより、はるかに複雑なものです。日常生活では、善悪が混同してしまうことはよくあることで、そのために、判断することが、今日人びとにもっとも親しまれているスポーツでもよく見られるように、むずかしくなってしまっているのです。

古代ローマの人びとは「苦しみを癒やすことは神々しい仕事である」と言っています。言い換えれば、キリスト教が始まる前は、苦しみというのは避けるべきものだと考えられていたのです。しかしそれから十字架とイバラとともにキリスト教が始まって、最後のものが最初のものになると言いました。そのときから苦しみは美点になり、不可避のあがないになったのです。けれども人類はそれからも進化し、その進歩のおかげで、今では苦痛を軽減するだけでなく、死をも克服するまでになり、母にも立派な答えが出せないような、むずかしくなる一方の問題に向きあうほどになっています。先ほどは言わなかったけれど、母は実際には答えを見つけようといつも努力し、わたしが納得できる答えを出すこともたまにはあったのです。皆さん、わたしの言うことを信じてください。スズメバチの巣はもう出ることにして、愛する人、つねに心にある人を大事にしながら、自分が正しいと思うことだけをしていってください。

イヴァンとネーリは、ふたりで創立した会社の十周年を記念するパーティーを開いた。会社は多様なアパレル企業をクライアントにする出版社だった。ピエトロは行きたがらなかったけれど、しまいにはわたしについてくることにした。

それは半年も世間から離れていた後での初めての外出だった。ピエトロは三日後には仕事でシンガポールに行くはずで、そこに三週間滞在する予定だった。自分でも驚くのだけれど、わたしはときどき、彼がその飛行機に乗った後もう戻ってこなければいいと思ったりした。彼を愛していたし、それまで彼ほど愛した人はいなかったけれど、わたしはただ、彼がほしいものを何でも手に入れてほしいと思っていたのだ。また幸福になってほしいと。

彼は白いバンの後ろに車を止めた。「きみはほんとに行ってみたいの？　ぼくはまったく関心ないけどね」

「もちろんよ」

「じゃあどうして泣いてるの？」

「泣いてないわよ」

彼は鍵をまわしてエンジンを止めた。

イヴァンとは大学時代からの知りあいだった。彼はしょっちゅうおもしろいことを企画した。ふたりとも二十歳のころ、彼は音楽や話し声や笑い声でいっぱいのところに住んでいた。

入口のドアはあいていた。わたしたちはもうもうとした煙とアルコールのなかを進んでいった。まるで暗闇のようで、家具はもう以前のものではなかった。ネーリが来てから部屋は広くなり、どこから見ても現代風のインテリアになっていた。小さな置物からカーテンやソファに至るまで、プロの美意識が感じられた。

イヴァンとネーリがわたしたちのほうへ来て、口づけと抱擁で迎えた。皮肉っぽい冒瀆的な言葉を連発しながら、影法師みたいな人びとのあいだを案内した。わたしは彼らの闊達《かったつ》さがうれしかった。誰もがするような、不器用で無益なもどかしい言い方はしなかった。彼らは縮んだ羊毛のように怖じ気づいたり、大惨事を前にして無力感に押しつぶされたりするような連中の片割れではなかった。それに、三十代のカップルによく見るような、気の抜けたカップルでもなかった。世間からは認められていないそのカップルは、日常性や、熱狂の消失や、火事が収まった後に残る鼻をつくいやなにおいをかわす術《すべ》を心得ていた。

わたしたちは飲み物のテーブルに案内された。「ここには人間が幸福になるものがそろっているよ」とイヴァンが言った。ネーリが彼の横腹をちょっとつついた。「まだ酔ってない振りくらいしろよ」と彼に言った。それからわたしたちに「また後でね」と声をかけ、イヴァンの腕をとって向こうへ行ってしまった。

彼らはほとんどがゲイの客たちの大騒ぎのなかを、笑いながら遠ざかっていった。大学時代の仲間が何人かと、大なり小なり名の知られたモデルや女優たちもちらほら見えた。形式張らないリラックスした雰囲気だった。わたしとピエトロもまた彼らの仲間になれるといいと思った。

わたしはピエトロを初めてその家に連れて行ったときのことを思いだした。彼は居心地が悪そうだった。それまでにゲイの友達を持ったことなどなかったのだ。わたしはそんな彼に同情した。元気づけるためにそばで踊った。それから家のなかをまわってみんなとおしゃべりをした。ピエトロがテーブルから離れず、硬くなって戸惑っているのを見るのがおもしろかった。そのうちに彼も緊張が解けて、ふたりで一緒に踊り始めた。リミックスした曲に乗ってダンスの輪に飛び込んだ。ピエトロはわたしの手を取ると、音楽に負けないほどの大声で耳もとで怒鳴った。「きみは今まで出会った女の子のなかで最高だよ！」

今のわたしはそこのふたりの若者がうらやましかった。楽しそうに踊りながら、早く家へ帰ってコンドームをつけてセックスすることだけを考え､将来のことも､子どもを持ったり持たなかったりすることも念頭にないふたりが。その夜そこで踊っている人たちが、そこで楽しんでいるみんながうらやましかった。おしゃべりに夢中になっているイヴァンとネーリが。出産という目的がないから、その種の不毛感にも無力感にも縁のない彼らのセックスが。

わたしは赤ワインを一杯注いでそれを一気に飲み干した。ワインを最後に飲んでからもう一年が経っていた。ロレンツォのためにやめていたのだ。今のわたしには、続けて次の一杯を飲んではいけない理由はなかった。そして次の一杯も。

ピエトロがそんなわたしのふいの渇きにひとこと入れる間もおかず、イヴァンとネーリがあいだに入った。ネーリがふたたびワインを注ぐと、わたしがまたそれを、今度は彼と一緒に飲んだ。イヴァンはコラムをやめてしまって寂しいと言い、また書くようにと励ました。するとネーリが彼の口を片手で押さえた。彼はイヴァンのかわりに失礼を詫び、わたしの場合はただ創造力が一時後退しただけなのだから、もとに戻すにはやり方を変えてみるといいと言った。彼はすでに解決の糸口をつかんでいた。彼らの出版社にわたしを雇うという。イヴァンは目をむいた。「彼女はジャーナリストだよ」と彼は声に力を込めた。「そんなことしたら彼女が傷つくよ！」けれどもネーリは自分の考えに固執して具体的な提案をした。「ほかの人だったら払う金額の二倍を払うよ。考えといて！」

わたしは人生の別の段階にいたら拒否したと思う。でもその夜は考えた、フルタイムの仕事を持つってどんなことだろうと。わたしはある職業を得るために勉強し努力してきた。けれども今ではその仕事を続けていくことがむずかしくなっている。でもその仕事にはまったく関係のない、ほかの仕事を持つというのはどういうことだろうか。その仕事はふたたびわたしに、少しでも自立を約束してくれるかもしれない。わたしはそう思って、ネーリに、その提案には興味があるから考えてみると返事をした。イヴァンとネーリはわたしを雇う前祝いに乾杯し、それからお客のざわめきのなかに戻っていった。ピエトロはひとことも発しなかった。中国製の明るすぎる照明だけが輝くサロンを、放心したように眺めていた。彼はビールを手にしていた。わたしもまねをして一本の栓を抜いた。その家に初めて一緒に来たときから五年ほどが経っていて、わたしたちはもはや以前のふたりではなくなっている。反撥しあうことなど不可能なふたつの磁石ではもうなくなっている。わたしたちは、軌道をはずれないようにしながら無理して適度の距離を保とうとしている、ふたつの惑星だった。思いがけないことが起こる危険はつねにあった。たとえばピエトロがシンガポール行きの飛行機に乗ったときとか。星が内部から破裂してふたりを軌道から放りだしたら、わたしたちはふたたび目的もなく宙にさまよい出て、取り返しようもない距離を離れていってしまうだろう。

「飲み過ぎだよ。アルコールはもうやめておいたら？　そろそろ家へ帰るほうがいいね」

わたしはもう一口ワインを飲み、二口分ぐらいを一口で飲み、手首で口の端をぬぐってから、今夜は家へ帰りたくないと彼に言った。鍵をドアマットの下に入れて、ポーチの門はあけておいてほしいと。

「誰と帰ってくるの？」

「タクシーに乗るわ」

また何口か飲んでグラスを空にすると、「心配しないで先に帰って」と言い足した。

すると彼は行ってしまった。くるりと向きを変えて行ってしまった。彼はイヴァンとネーリを手で呼ぶと、ぶっきらぼうに礼を言った。それから疲れきった様子で人びとが群れる向こうに消え、廊下にふたたび現れると、今度は出口の向こうに消えた。一度も後ろを振り返らなかった。

「大丈夫？」とイヴァンが訊いた。「どうかした？」

それは数秒間の出来事だった。わたしは入口に急いだけれど、大勢のダンスに阻まれた。そこにいた全員がそのダンスに加わろうとしているみたいだった。廊下にいたカップルをよけてからドアをあけた。踊り場には誰もいなくてエレベーターは満員だった。頭がくらくらしていたけれど、階段を下りることにして駆け下りた。足の感覚を感じないままロビーに着くまで走った。道路に出たときには、わたしたちの車がスリップしながら信号を越えていくところだった。わたしは携帯電話も持っていなかった。いつもぼんやりしていたから、充電するのも忘れて、ほとんどナイトテーブルに置きっぱなしだった。

わたしは上に戻ってタクシーを呼ぶこともできた。でもワインが胃のなかで煮えたぎっていた。だから家のほうに歩き始めた。歩いて半時間の距離だから、深酔いも覚めるだろうと思った。

家に着くと、明かりが消えていた。ピエトロはもうベッドに入っていた。スーツケースが開いたまま廊下の箪笥のそばに置いてあった。彼はもう準備を始めていたのだ。音をたてながら部屋へ入り、後悔と疲れで摩りきれた心を抱えて彼の隣に横になった。彼の名前を一度、また一度、小声で呼んだ。まだ眠っていないならとぼけるのが上手になった。たぶんわたしを無視することに決めていたのだ。さもなければ罰することに。

わたしは喉までこみ上げる嗚咽《おえつ》をこらえて眠ろうとした。そうしながら頭のなかでは、何カ月もの無為の後で初めての現実的な誘いがかたちを帯びていった。明日ネーリに電話をして彼の誘いを受け入れようと思った。ただひとり愛した男を、飛んで行ってしまおうとするほど放っておいて、待ち受けるむなしさのなかでひとりぼっちにされてもいいと思うなら、わたしに墜落防止の何かが必要なのは目に見えていた。

わたしが目を覚ましたのは、ヘルメットでこめかみを圧《お》されているような感じがしたからだった。例の大酒の後遺症だ。ベッドはすでに空だった。ピエトロはナイトテーブルにメモを残していた。「帰宅は遅くなるから夕食は待たないでほしい。頼むから母に電話をかけてくれないか。きみは約束したんだから」

ピラティスの教室はできれば行きたくないところだった。でもすでにわたしはマティルデと一緒に、その大きくて明るい部屋のまんなかにいた。外では真昼の車の混雑が街なかの裏通りにまで押し寄せていた。わたしたちの足の下には、大きめの板をはめ込んだ明るい色の床が広がり、小さな長方形のゴムマットがたくさんあって、レッスンを受ける人たちひとりひとりにあてがわれていた。そこにいるのは大方がマティルデの知りあいで、スポーツジムに来るときでさえきれいに化粧をし、髪もふんわりさせた中年の女性たちだった。

マティルデは緊張ぎみで、わたしを簡単に紹介した。わたしは彼女に恥をかかせないか気がかりだった。だからわたしも、雑誌のコラムやピエトロの仕事についての予想どおりの質問に、愛想よく答えようと努力した。わたしたちに起こったことは何もかも知られているみたいだった。おそらくロレンツォは、年始の休暇中の客間をにぎわす恰好の話題になっていたのだろう。

わたしたちはニューヨークでピラティスを学んだインストラクターの到着を待っていた。わたしの後ろには、むくみに悩むふたりの若い女性がいた。なかのひとりは、最後の妊娠で増えてしまった体重がまだもとに戻らないとこぼしていた。もうひとりは、帝王切開をしたけれど体型回復の助けにはならなかったと言った。彼女は文字どおり《ルミーズ・アン・フォルム》という言い方をし、次回は絶対におなかを切らせないときっぱり言った。するともうひとりが、最初に帝王切開をしてしまったら自然分娩はむずかしいと、慰めるように教えていた。わたしも《体型《ルミーズ・ア》回復《ン・フォルム》》やむくみに悩んでみたいと思った。まるでクリスマスプレゼントの話でもするように、スポーツジムで子どもについての計画を話してみたいと。

インストラクターは男性だった。オーナーの女性と一緒に部屋へ入ってくると、周囲がいっぺんに静かになった。彼は突き当たりの小ぶりの敷物に座った。敷物はカマスのざわめく海のまんなかに浮いたいかだみたいに見えた。

オーナーは新しく入った人たちに、これから始めるレッスンがどんなものかをおおざっぱに説明した。部屋の暑さにわたしはあえいでいた。でも暑さなんか誰も気にしていないみたいだった。マティルデはほかの人たちと同じように興味深そうに話を聞いていて、お尻やバストへの効果についての説明には笑い声までたてていた。周囲を見ると、誰もが未経験なのか、じつに熱心に聞き入っていた。わたしはイエズス会士の集まりにまぎれ込んだ無神論者みたいだった。酔っぱらいが大勢集まったなかで、ひとりだけしらふみたいな気分だった。

「誰かどこかに問題を抱えている方はいますか?　背中が痛いとかいうような」インストラク

ターが奥から尋ねた。

暑さが胸まで上ってきて、わたしは息ができなかった。何かが胸を圧していた。何か先のとがったものが胸骨に穴をあけていた。それから解放されなければ、窒息してしまいそうだった。

「はい」とわたしが返事をすると、わたしを見ようとたくさんの目がこっちを向いた。

「どうぞ」

「半年前にわたしは、二十九週目で治療的妊娠中絶をしました。実質的には出産でした」

その言葉は抑えられないしゃっくりのようにわたしのなかから飛びだした。困惑が致命的な神経ガスのようにわたしたちふたりに降りかかった。マティルデはわたしの隣に座っていたから顔は見えなかったけれど、身体の内部から戦慄《せんりつ》が湧き上がるのは感じとれた。もう遅かった。わたしはもう止まらなかった。

「問題はまだ身体じゅうの骨が痛むことなのです」とわたしは説明した。「背中も腕もです。このピラティスが助けになるのか、それとも害になるのかがわかりません」

誰もが息を止めていた。インストラクターさえも。わたしがみんなを気絶させてしまったみたいだった。いちばんショックを受けたのはマティルデの仲間たちで、彼女たちはわたしを、同情しながらも慇懃《いんぎん》に追いださなければならない侵入者を見るような目で見た。でもそんなことはどうでもよかった。もう言ってしまったからには、呼吸を整えて先へ行くしかなかった。「息子には骨系統疾患がありました。まれなタイプの低身長症です」とわたしは続けた。「おそらく出産は無理だろうと言われました。でもそれより悪いのは生き延びた場合です。きっと苦しみの人生を送るようになったことでしょう。だからわたしたちはそうしたのです。そのために外国へ行きました。この国ではそれは犯罪で、嬰児殺しとみなされるので、今ごろわたしは罪をあがなっているか、それよりも、まだ判決を待っているころでしょう。息子は骨に病気を持っていました。そしてわたしも今、そこらじゅうの骨が痛むのです」

そこでわたしは話を止めた。マティルデは身じろぎもしていなかったから、恥ずかしいと思っていることがわかった。わたしの話は彼女をゆっくりと吸い込むブラックホールだったのだ。わたしのほうは彼女とは反対に、身体が浮き上がって上から自分を見ているような気分だった。愚かでありながら強いその女性、なんとか生き延びている女性を前にして、一種の誇らしさまで感じていた。自分自身が誇らしかった。

そこにいた人たちの視線がクラゲの触手のようにわたしを襲った。湿疹ができそうな毒を含んで四方八方から襲いかかった。けれどもわたしが今言ったような気持ちになったのは、そんなやけどをしそうな雰囲気のなかでだった。ロレンツォが突然「なくした」子どもではなくなって、口に出せないほど恥ずかしくて悲惨なものではなくなったような気がした。そうではなくて、ロレンツォのことはひとつの選択であり、じつにはっきりした選択だった。理解してもらうには、ただ声高に叫ぶほかない、苦しくも明晰な選択だった。わたしが母として、また愛する男のパートナーとして、自覚を持ってした選択だった。息子が、科学か自然によって、たぶん神によっても奪われていた権利を、わたしたちは取り戻したのだ。単純きわまりない基本的な権利、自分を守る権利を。これほど切羽詰まった、それなのに小声でそっと囁くことしかできない選択が、月日が経つうちに、悪臭のする沼に変容していた。ところが今、目に見えない一掻《ひとか》きで、わたしはその沼から救いだされ、息子の尊厳を取り返したような気持ちがした。その日になって初めて、いくらかでも彼をこの世の光に当てたかのような。

わたしは更衣室で洗面台の水を出しっ放しにして、そこに手を入れた。そして襟首を冷やした。マティルデはわたしについてきて、ベンチに座ってわたしをじっと見ていた。それからバッグのなかをかきまわして何かを探し始めた。武器でも探しているのだろうか。目を下に向けたまま手首にかかる水を見つめていると、すぐそばに彼女を感じた。

彼女はわたしをねらい撃ちにするかわりに、白いタオルを差しだした。わたしがそれをつかむのを待ってため息をつき、言った。「困った人ね、ほんとに」それから片方の手をわたしの肩に置いた。

わたしは振り向いて彼女を見た。

彼女の顔には予想もしなかった、気落ちした表情が現れていた。涙を見せずに泣いているみたいだった。

わたしはタオルを手に取って柔らかい生地に顔を埋めた。

タオルは乾いた甘いにおいがした。そこに身を沈めたらもう怖さなんか感じないような。日に当てた織物のような。木の取っ手がついたプラスティックのたらいのような。洗剤のような。熱したアイロンのような。火にかかった鍋や燃えさかる暖炉のような。

母親のような。

わたしはただもう家へ帰って、どこかの隅にうずくまってピエトロの帰りを待っていたかった。

近所の家の雑種犬が吠えもしないで中庭を歩いている。わたしの手の甲に鼻面をこすりつける。剛毛に覆われた横腹の重みがわたしの膝を押してくる。建物の門をあけても彼は出ていかない。尾を振りながら主人が来るのを待っている。

彼は幸せそうだ。大人にならない幼児みたいな幸せな雰囲気を持っている。わたしの視線が彼の表情豊かな丸い目の上に休むと、しっぽが揺れるリズムが速くなる。ふだん彼が外に出るのはその時間と早朝だけだ。一日に二時間ばかり日に当たることで満足する習性を身につけている。食器を満たしてくれて、ときには愛撫もしてくれる人のリズムに合わせることに慣れている。それで疑問も感じない。終末のことなど考えもしないで永遠の現在を生きている。ボルヘスが彼の短編のどこかで「不死」と呼んだ精神状態を。わたしはその犬を見ながら、かつて彼の平穏で無邪気な様子を羨んだ、さまざまなときを考える。人が幼児の安らぎを羨むようにして。

進化の歴史のなかのある時点で、わたしたちは原始的本能を重い頭と交換してしまった。その頭が何を求めようとするかも考えないで。あるいは、答えがないために何に苦しむかも考えないで。

わたしは空っぽの家のホールのまんなかにひとりだった。

閉めっぱなしにしていた窓とブラインドをあけ放って、居間に少し風を入れようとした。それからキッチンへ行って冷蔵庫のなかを覗いた。買い物らしい買い物を最後にしてからもう長すぎるほどのときが過ぎていた。古ぼけた甕《かめ》に水をいくらか注ぎ、流しにコップを置き、表面がぴかぴかになるまでほこりを払った。

以前はそのキッチンが好きだった。整頓し、きれいにしておくためにできるだけのことをした。身体を鍛えるように体裁を整えた。キッチンに入って床にレモン風味の洗剤のにおいを感じ、冷蔵庫やオーブンに前の日などに用意した異国風の料理を見つけ、食器棚に美味なビスケットのパッケージを見つけることは、仕事の喜びやピエトロとの交歓にしか匹敵しない喜びを与えてくれた。それは、この世界にはわたしの場所があるということだった。誰にも冒すことのできないわたしだけの場所が。その家を愛していたのは、いつかそこが子どもたちであふれ、秩序と清潔がもっとも達成困難な課題になり、だからこそもっとも価値あるものになると思い込んでいたからなのだ。いつか彼らのために料理を作るようになると。流しには哺乳瓶とその乳首が置かれるだろうと。家具のあいだには、離乳食で汚れた幼児用の椅子やたくさんのおもちゃが散乱するようになるだろうと。子どもたちのたてる音がふたりの日々を刻むだろうと。でもそんなことをいくら長い年月、強烈に望んだって、それが実現する保証になるわけではなかった。

この家が約束を守ってくれなかったから、だからわたしは愛することをやめてしまったのだと思う。でも今のわたしは、和解のときが来たのだと感じている。空っぽで住む人がいなくても、ありのままに受け入れるときが来たのだと。

わたしは廊下を通ってロレンツォの部屋の前に来た。長方形の暗闇。わたしを一瞬にして呑み込んでしまう空間。「目をあけてごらん」というピエトロの声を思いだし、パステルカラーと子ども部屋らしい飾りのついた作りかけの世界に向かって、ドアがあけ広げられた瞬間が目に浮かんだ。彼は笑いながら「今朝家具が着いたんだ」と言ったのだ。「カタログで見たよりいいよね?」と。

あの微笑はどこへ行ってしまったのだろう。彼に苦渋の表情を浮かべさせ、追いだしてしまったのは、このわたしなのだろうか。わたしは自分の人生をあのときまで、中断してしまったままにその時点まで戻したい。でもそれは無理なのだ。わたしはそのもはや色も何もない空間にはめ込まれて、出口を探している。その扉を開くのはまだ早すぎるのだ。そしておそらく、それまでに失われてしまったものを取り戻すにはもう遅すぎるのだ。だからわたしは廊下をそのまままっすぐに進んでふたりの寝室に入り、マットレスの上に倒れ込む。

わたしは彼にそこにいてほしかった。そばにいてほしいと言いたかった。わたしたちはどこもかしこも傷だらけで、怒りっぽくなり、遠く離れてしまっているのだと。でも本当はふたりともまだそこにいて、まだもとのままなのだと。それなのにわたしは、身を硬くしながら待っているしかなかった。

我に返ったときには真っ暗だった。ピエトロがわたしの横で、シーツの下に丸くなって眠っていた。彼はわたしを起こそうともしなかったのだ。スーツケースの用意ができて部屋の奥に並べてあるからには、すべてをひっそりとやっていたにちがいなかった。わたしに気づかれまいとしながら。

翌日の便が何時のだかは覚えていなかったけれど、彼にとってその旅が何を意味するかはもうわかった。窮地に陥ったスキューバダイバーが命綱の気圧調整バルブにしがみつくように、彼は渾身《こんしん》の力でその旅にしがみついていた。息を吹き返してなんとかして救われたいと願っていた。ふたりの関係から逃れたかった。わたしから。

わたしは衝動的に彼に抱きつき、壁のような肩を揺さぶったけれど、彼は迷惑そうにちょっとうなっただけで、こっちを向いてはくれなかった。わたしはピエトロがもうたくさんだと言ったいろんな場面を心に浮かべた。彼にはわたしにはとても持てない精神的強靱さがあった。我慢に我慢を重ねて、あるところまで来るともうたくさんだと言う。そこできっぱり振りきったら、そのことはもう二度と考えない。摘出するべき癌《がん》と闘う外科医の持つ冷静さなのだ。で、今その癌はわたしだとか？　わたしは剝製になった鳥のまなこのような、石のようにじっとして動かない視線を彼に向けていた。わたしたちふたりの関係が本当に終わることもあるのだとは、考えたことがなかった。致命的な病だとは。けれども、いつも眠りが浅くてわたしが呼んだら気がつかなかったためしのない彼が、その夜は眠り続けていた。

朝起きたとき、スーツケースはもうなかった。ベッドは空っぽで乱れていた。またメモがあった。「飛行機は七時十五分前の便です」に続けて、「午後にいったん家に帰ります」と書いてあった。

彼の携帯電話にかけたけれど、電源が切れていた。わたしは両手と胸を震わせながら会社に電話をし、彼につなぐように秘書に頼んだ。

「残念ですが、奥様」と相手は丁寧に応じた。「ただいまは会合があって外出しておられます。けれども伝言があって、昼食後には戻り、四時にはご自宅に帰られるそうです」

わたしは窓の外に目をやった。太陽は空にじっとしているように見えたけれど、実際はまだ昇っているところだった。わたしは辛抱強く待つことができたためしがなかった。わたしの息子でさえ、わたしにそれを教えることはできなかった。わたしは出し抜けに祖母のイオランダを思いだし、彼女がまだ若くてわたしのために昼食を用意してくれたころを思いだした。彼女は初めは夫を、次にはわたしの母を一生涯待ちながら、手はいつも洗剤を溶かした水に野菜と一緒に浸けていた。彼女は瞬きもしないでコンロの前に突っ立ったまま時計を見ていた。「パスタはいつ入れるの、おばあちゃん」キッチンのにおい、湯気を上げるあのパスタソースや炒め物のにおい。今では古巣を思わせるあのにおい。

テレビは、かつてはわたしを魅了した動物の生活についてのドキュメンタリーを流していた。ツグミがいて、巣を作っていた。器用に、きまじめに。誰にも教わったわけではなく、育って飛び方を覚えた巣へ帰らなければという思いなど持ったこともないのに、それでも今では、どうすることが正しいのかを、謎解き遊びを解くように、正確に知っている。

自然界で巣はいつまでも置き去られたままで、大人になった動物は、古巣に戻ってみたいという欲求などまったく感じないかもしれないけれど、人間も動物と同じというわけではない。少なくともわたしにとってはそうではない。

わたしはどういうわけか車のなかにいて、ハンドルをしっかり握り、目は道路をじっと見ていた。祖母の家への、もう何年も前に後にした古巣への道をたどるために。

家は薄暗かった。ラケーレはドアをあけに来てから急いで行ってしまった。雑巾がけをしようと、すぐにキッチンに戻ってしまった。

「母は?」

「おばあさんをお風呂に入れています」

「あなたはやらないんですか?」

「ええ、お風呂はしません」と彼女は言い、「いつも彼女にしてもらいたがるので、わたしのほうはベッドまで連れていきます」と言い足しながら、手を耳の後ろにやって、顔にかかった前髪を整えようとした。

そこへ来なくなってからもう数カ月が過ぎていた。その家の時間やしきたりについてはほとんど何も知らないのに、そことわたしとはまるでゴムひもでつながっているみたいだった。わたしがどんなに遠ざかって、どうにでもできるゴムひもなど気にかけずに自分の道を進んでいても、あるところでいつも限界が来て、もう引っ張っていることができなくなる。そうするとゴムひもは反撥して切れてしまうのではなく、その反対に、すごい力で一気にわたしをもといたところまで戻してしまう。

バスルームのドアは廊下の暗がりをそこだけ切りとった明るみみたいだった。近づくにつれてその明るみが大きくなり、しまいには見ることができた。素裸のまま車椅子に座っている祖母と、マジョリカ焼きの床に膝をついて、水と石けんを浸したスポンジで祖母の白くて薄い肌をこすっている母を。

祖母はひどくやせていて、あらゆる骨が浮きでていた。乳房は二枚のナプキンみたいに垂れ下がっていた。彼女を見ていると、死の写し絵を見ているようで身震いした。それほど老いた姿を見ながら、そんなに長く生きてなんになるのだろうと思った。でも母は、まるで祖母が生きているうちはきれいなままにしておこうと思っているみたいに洗っていた。その仕事があるからこそ、まだ毎朝起きる意味があるのだと思っているかのように。母の顔は赤くなり、黒ずんだ唇にはひびが入っていた。母はときどき休みを入れて、額と目をぬぐっていた。

人生を送るうちには、親が子どもに戻るときが来る。母を見ながらわたしは考えた。母親になってからも子どもでしかなかった彼女に、どうしてそんなことができるだろうかと。

わたしは子どものころに母に風呂を浴びさせてもらったことを思いだそうとしたけれど、それはできなかった。母がわたしの世話をしていたときのことは、わたしにいつも何かを求めていた彼女のイメージと重なってしまう。わたしがむしろよく覚えているのは、何かを指図していたときの母の姿だった。子どものころのわたしについて覚えているのは、骸骨《がいこつ》のようにやせて、落ち着きなく、不器用に毎日を送っていたことだけだ。ほかの子どもたちのとは異なる孤独を感じて、恨みや不満をため込みながら、目の前の唯一のモデルをまねすることに精を出していた。深海のような、悲しげな母の目を。母はそばで暮らす男にも、自分を手本にする娘にも、優しく温かいまなざしを向けたことは一度もなかった。そんなまなざしとは反対の日常的な無関心のなかで、自分のものにすることができなかった、憧れだった男の姿を思い描いていた。失ったロマーノの口づけや、こぼすことをやめた涙や、もうひとりの汗とまじることのなくなった汗を。実現しなかった運命を。

わたしの幼年期と思春期を思いだすとき、それは地雷原で、爆発しないかとびくびくしながら毎日を送っていたような気がする。母とわたしがひとつの身体を分けあっていたことがあるなんて、想像することもできないと思うこともよくあった。でももし分けあっていたのでなければ、ゴムひもも——わたしたちを何年も鎖のようにつないでいたへその緒もなかったことになる。へその緒はまだきちんと切り離されていないように感じることもあって、それがぴんと張っているときには、いつも気分が悪かった。

わたしはその巣から、母のもとからどうしても離れたくて仕事を始めたのに、自分を構築していくあいだ、彼女の近辺から遠ざかることはなかった。わたしが作ったどんな砦《とりで》も、どんな溝も、彼女にとってはかえって好都合なものだった。彼女はそうしようと思ったわけでもないのに、わたしという女が生きるための設計図を作っていた。

わたしは知らず知らずのうちに、母の欲求不満がわたしの生活を浸食し、至るところに、ピエトロの家にさえ浸み込んでいくのを、見過ごしていたのだ。今目の前で、彼女が床に膝をついて、心を込めて献身的に母親の身体を洗っているのを見ているうちに、わたしの自己憐憫《れんびん》が別の光のなかで見えてきた。わたしの背中を長年照らしてきた光が、今や耐えがたいものに映った。それと同時に、わたしが数々の壁を築いてきた理由までがあやふやなものに思えてきた。わたしたちは日々の暮らしのなかで我が身を守るために、おたがいから自分を守ろうとしてきたのだ。そんなことはすべて、無駄な努力だったような気がしてきた。

わたしはまだしばらくふたりを眺めていたけれど、それから居間のほうへ行った。わたしが来ていることをラケーレから聞いた母がやってくるのを待っていた。

ソファに座ったわたしをもやもやした何かが覆っていた。

戸棚の開き戸があいていた。閉めようとしたとき、一束の古い印刷物が邪魔をした。それはわたしの雑誌を集めたものだった。最初のから最後のまでが一冊また一冊と積み重ねられていた。わたしのコラムが始まった号から編集長の言葉が載った号までが。

母はそれを全部買いためていたのだ。わたしにはひとことも言わないで。

わたしはあるものを探してその束をかきまわした。もっと順序よく見たら、フィレンツェ風の便箋が、デリアの手紙のあの黄色い便箋が見つかるかもしれないと、あるいは便箋と封筒のようなものがあるにちがいないと思った。わたしの心にいちばん響いたいくつかの身の上話の背後に、母がいるのではないかと。母娘のよじれた関係を明かす、あの救いを求める声のなかに。

むなしく探し続けるうちに、そこで探しているのはわたしだけではないことに気がついた。部屋にはわたしのほかに誰かがいた。冬の午後、テレビアニメを見ながら泣いている女の子が。クッションを抱いてソファにうずくまったり、窓枠の下で丸まったりしていた子が。その子が今、わたしのそばにいた。その子もまた、ほかの女性の生き方のなかに、母親の面影をふたたび探していた。

わたしたちはふたり一緒にそこにいて、その囚われ人の家にこもったにおいを、町の片隅に忘れられたような孤島のにおいを吸っていた。

「来たの？」と、居間の入口に母が姿を見せると、女の子は消えた。

「ちょっと寄ってみたの」とわたしは言い、立ち上がりながら雑誌の束を隠した。

母はとまどっているようだった。「今ごろ来たの」とわたしをとがめた。「もう少し遅かったら死んでたかもね」と言ってから急に黙った。まるでそれまで言おうとしていたことが突然意味をなくしたみたいだった。恨んでいるというより思案しているみたいだった。

「送金の最後の二回分はまだ着いてないよ」と母は肘かけ椅子に座りながら言った。「でもあんたには連絡しなかったよ。ラケーレがおばあさんのトランクのひとつに、結構な蓄えを見つけたもんだからね。おばあさんはいつだかそこに隠して、その後忘れてたんだよ」

母は誇らしげに一息入れてから、「だからおまえがいなくてもやっていけるよ」と言った。

　母はそれ見たことかという気持ちからというより、ただ恩に着せるためにそう言った。弾丸でもぶつけるつもりで言った言葉は、口のなかで砕けて大気のなかに霧散した。話題を変えたがっているのがわたしにもわかったが、実際ピエトロへの「元気かい？」という台詞が口から出た。

彼はしばらく家を留守にすると伝えると、母は押し黙ったままわたしを見た。いつものように、結婚することにしたのかどうかは訊かなかった。その話はそこで終わった。ロレンツォの話は出なかったし、その後これといった話はしなかった。ふたりでテレビの前に座っていると、ラケーレが水差しを持ってきた。

「お昼は食べていくだろ？」

わたしはうなずいた。母は片手をわたしの腕に置くと、まだいることを確かめるように、そこに載せていた。手に力を入れようとも、さすろうともしなかった。彼女は気が抜けているようなのに押しつけがましく、手をそこに置いていた。彼女らしく。

わたしはソファの背もたれに寄りかかった。母はテレビのチャンネルをあちこちに動かしながら、おもしろそうな番組を探していた。

フォーラム《ピンクスペース・コム》4月25日17時11分

クレリア

こんにちは、皆さん。わたしは新入りです。何カ月も前に手紙を書いたけど、投稿できずにいました。一年前の今日のわたしは岐路に立っていました。そのころの苦しみは今も覚えています。その苦しみと悩みといったら息も止まるほどで、一秒ごとにどんどん胃を圧迫していきました。ひとりでどんなに涙を流したことか。それから選択をしました。ずっと前から心のなかで考えていた選択を……。

わたしは今、あなたたちみんなを抱きしめたいと言いたいのです。ほんとにひとりずつ抱きしめたいと。わたしは今年皆さんの投稿を黙って読み続けました。皆さんの身の上話のひとつひとつを読むたびに、出産を待ちながら過ごしたころのことを思いだしながら……。わたしは皆さんとは違う選択をしたけれど、だからましだなんて考えていません。わたしも皆さんの仲間なのです。誰かを裁くとか自分を優位に感じるとか、そんな権利があるなんて、誰も考えてはいけないのです。ただたんに、わたしの心が皆さんとは違う方向に導いたということなのです。

わたしの特別な女の子、丸すぎる顔と目を持った、彼女のような特別な子どもたちすべてに似た目を持ったその子は、毎日わたしに何かしらを教えてくれます。でも毎日苦しみもいくらか与えてくれます。なぜなら、これから前に進むにつれて状況がますますきびしくなるだろうという思いを、受け入れることが簡単ではないからです。

皆さんにもわかると思うけど、子どものころわたしが想像していた将来はこんなものではありませんでした。娘も想像していたようではありませんでした。でも想像はかならずしも実際の道をそのまま先取りするわけではありません。わたしの母はテニスで期待されていたけれど、わたしを産んだということは、その期待に応える可能性を断念することだったのです。姉はわたしより先に高校を卒業して、それから大学に入るつもりでした。でも今では職のない母親になり、他人に遅れまいとして本にかじりついています。実現できなかった願望のなれの果てのようなわたしたちも、母親にはなりました。教則本も処方箋もないのにです。使命を果たすようにして、あるいは少なくともそれを試みようとして。愛はかならずしも願ったようには成就しなくて、はらんだ人のふところに必死でしがみついていなければならない人生もあるのです。不安や反感や偏見を乗り越えて、もくろまれ望まれたこととは裏腹に、自分自身を誰かに負わせ、無理にも愛させなければならない人もいるのです。わたしの娘がその例です。彼女は初めはただそこにいようとし、それからわたしのまなざしを求め、今ではわたしの愛情も求めています。

わたしはときどき、結局わたしはこの世に生まれないこともあり得たのだと思いながら自分を眺め、他人任せのまま、わたしと同じ生きるというリスクを冒したまだいたいけな娘を見ながら、入浴をさせ、ベッドの上に寝かせて身体をぬぐい、それから彼女の柔らかいおなかに顔を埋めてにおいを嗅ぎます。そんなときには、彼女のにおいを嗅いでいるときほど幸せなときはないと感じるのです。えもいわれぬにおいがするからです。

娘がわたしの人生をからめ取り、めちゃくちゃにして、望みとはまったくかけ離れたものにしてしまったことは事実かもしれないけれど、彼女のそのにおいには、そんなことを忘れさせ、するべきことはすべてやったという思いを抱かせる力があります。わたしは特別なんだと感じさせる力が。彼女のように特別なのだと。

でもわたしは知っています。あの苦悩の日々――あなたたちが生きたのと同じ日々のことは、けっして忘れないだろうということを。苦悩を語る皆さんの言葉のひとつひとつがわたしの心をえぐるのは、わたしもまたそういう日々を生き、それがどういうものかを知っているからです。わたしがまだこれからも投稿を続けるのか、それともこれっきりなのかはわかりません。今はただ皆さんのために心から祈りたいと思います。早く笑顔が戻るようにと。皆さんがんばってください！　あなたたちを強く抱きしめながら。

四時数分前だった。ピエトロはまもなく戻るはずだ。わたしはまたここで、わたしたちの巣と向きあっている。くちばしで松の針をくわえたツグミのようにして、息子の部屋の閉ざされたドアを見つめている。ただひとつツグミと違うのは、わたしの仕事はもう終わっていて、わたしの期待はむなしかったということなのだ。

わたしは息をついて、これを最後と部屋をあけた。

ロレンツォの部屋を。

わたしが何を期待していたか、何を恐れていたかはわからないけれど、失望はしなかった。

敷居の向こうにあったのは、ニスと閉めきった場所に特有の強烈なにおいがする、空っぽの部屋だけだった。天井の穴はまだあった。その穴は、結局は取りつけなかった雲のかたちのシャンデリアに隠れてしまうはずだった。奥のほうのカーテンのない窓の横に置かれたクマのプーさんの家具はほこりだらけで、もう色があせてしまったみたいに見えた。白と青の線が入った壁もそこにあって、元気な子グマたちの群れが描かれた一条の壁紙が、その上を横切っていた。引きだしにはまだロレンツォのものが入っていて、戸棚には最後の数週間に贈られた品々が全部収まっていた。

そこは生まれなかった子どもの、そして、ほんの短いあいだに、わたしを永遠の母親にした子どもの部屋だった。

赤ちゃんの着替えをするためのベビーテーブルの上に、以前にはなかったものを見つけた。その部屋で何カ月もわたしが来るのを待っていた、棚板に立てかけてあったそれは、ピエトロのカメラだった。

電源を入れてファイルを探ると、初めにディスプレイに現れたのは、ウェスト・ノーウッドの墓地の風景だった。手入れの行き届いたイギリス風の庭園だった。あちこちに小さな大理石の墓碑が建っているところを見ると、どこかの家か学校の庭のようでもあった。わたしはゆっくりと見ていった。一枚の写真には、息子の白い棺がピエトロの腕に抱かれて、墓地の礼拝堂に入っていくところが写っていた。また別の写真には、クリスマスイブのロンドンで、息子を祝福するために分娩室に入ってきたあの司祭がいた。彼は両手を祈りのかたちに結びあわせて、悲しげな視線をレンズのほうに向けていた。

ピエトロの顔はどの写真にもなかった。それなのにわたしは、彼の存在をそれまでになく身近に感じた。

そのときになって初めてわたしは、彼が子どもの誕生をどんなに楽しみにしていたかに気がついた。それまでわたしは、彼を思いやることなど一度もしなかったし、彼の傷も、彼の痛みも、考えたことはまったくなかった。彼がそうしたことを話そうとするたびに、話をそらせてきた。

それなのに彼は、それ以上求めることはしなかった。わたしをとがめたことも一度としてなく、わたしが耳を傾ける気になるのをただ待っていた。

白い棺をふたたび見ているうちに、涙が頬を伝わるのを感じた。息子を懐妊して以来初めて、彼の顔を見ることができるような気がした。ロレンツォを、わたしの息子を。

彼はわたしが妊婦だったころの夢によく出てきたような金髪でもなかったし、すごくかわいい子でもなかったけれど、生まれていたらなったかもしれない、障碍に苦しむ子どもでもなかった。彼は輝かしいひとつの点のような存在だった。わたしの目に映る彼は、まばゆいオーラに包まれていた。温かな、消えることのない光を発する、子宮に棲む清らかな生き物だった。彼はその部屋にはいなかったし、フィンクラーが言うように、全能でかたちのない何かになってわたしの傍らにいながら、生まれ変わるのを待っているわけでもなかった。彼はそのイギリスの庭園風の墓地にいて、同時にわたしのなかにもいた。

そんなふうに単純に考えたことはそれまでなかったし、ひとつの事実として受け入れたこともなかった。でも今のわたしにはそれができる。そしてまた、彼を夜の光のなかにも、突風のなかにも、寂しい思い出のなかにも、春の小麦色の黄昏《たそがれ》のなかにも探すことが、早晩できるようになるだろうとも思った。

そして何よりも、そう遠くない日に、わたしたちと一緒に生きることができるようになるだろうと。

家のどこかで携帯電話が鳴った。わたしは夢うつつから呼び戻されてびくっとした。電話機を探そうと居間に駆けつけ、ソファのクッションを動かした。まだぼんやりしていて、夢のなかをさまよっているみたいだった。見つけたときにはもう遅すぎた。ピエトロからの呼びだしは消えていた。

彼のメッセージが留守番電話に入っていた。

「家に寄るつもりだったけど、遅れちゃって飛行機に乗れなくなりそうなんだ。向こうに着いたら電話をかけるよ。そっちも日が替わるね。悪いけど、携帯の電池が切れそうなんだ……聞こえる？　じゃあね」

それは彼の声だった。いつもの音色の、いつもの息継ぎの。でも彼の頭はもうここから遠くへ飛んでいってしまっていた。こんなときに。力いっぱい抱きしめたいときに。彼がいちばん必要なときに。

わたしはソファに倒れ込んだ。手が石のように重かった。足元のほうはおぼつかなかった。こんなときに。あまりにも長いあいだ闇を見つめ続けてきた目がやっと開いたと思ったときに。周囲にあるものの輪郭や陰影が角膜になじんできた。以前は日々の何気ないしぐさでしかなかったものが目に浮かんだ。最近の朝はいつも、砂糖をまるで砂粒を溶かそうとするようにしてコーヒーに溶かしていたピエトロの姿が。やっと昇り始めた太陽を窓の外に見ながらネクタイを締めていた彼の姿が。その細長い布を指のあいだに結びながら、本当は首を締めたいと願っていたかもしれない彼の姿が。今初めてわたしは、目に見えない震えの背後に、彼の絶望と無力感のすべてを見る思いがした。

まだ遅すぎるわけではないかもしれない。

今追いかけたら、彼に追いつくかもしれない。

わたしは靴を履き、バッグと家の鍵を手に取った。ドアのほうへ向かった。

エレベーターは動いていたけれど、わたしはまるでそうすれば動きが速まるかのようにボタンを押し続けた。しまいにドアが片側に寄って、ピエトロがケージの中央に現れた。疲れきった表情をして、上着はしわだらけで、髪はもつれ、脇でカートを引いていた。

彼はわたしの変化に気づいたにちがいなかった。表情が水を浴びた花のように、にわかに明るくなったからだ。

「家に寄ってくれたの？」

「いや、発つ気になれなかった」

わたしは笑いながら泣いた。わたしはまだカメラを手に持ったままで、彼はそれに気がついた。わたしの涙に苛立《いらだ》っているようには見えなかった。彼は気づいていた。わたしの涙が、それまでにわたしが流したすべての涙と違う味がすることに。

エレベーターのドアが閉まりかけた。でも向きあったふたりの足がそれを邪魔した。

わたしはどこまでも彼のしぐさに合わせながら、渦巻きに吸い込まれるようにして彼の抱擁に身を沈めた。

何も言う必要はなかった。

わたしたちはまだもとのふたりのままだった。ぴったりとはまることはできなくても、最後のイメージをどうにか完成させることのできた、モザイクの二片だった。その証を前にして素直に納得した二片だった。わたしたちの皮膚がどんなに違っていても、もうひとつの生命のひとつの身体を覆うようにして、おたがいのなかに溶けあっているのだという証を前にして。髪の毛も、唾液も、血液も、骨も溶けあっているのだという。

ピエトロがわたしを見た。彼はほほえんでいた。カートの握りをつかんで言った。「家へ帰ろう」

フォーラム《ピンクスペース・コム》5月21日15時9分

単細胞ジュリア

木曜日に子どもがデュシェンヌ型筋ジストロフィーに冒されていることがわかりました。来週治療的中絶をすることになっています。それで落ち込んでいます。誰か同じ経験を持つ人はいますか？　精神的に立ち直って、できればその後子どもを持った人が。

わたしは助けが必要なのです。

ステッリーナ

こんにちは、単細胞ジュリア、わたしたちのこの小さくて静かな世界へようこそ。同じ困難を乗り越えたわたしにできるアドバイスは、優秀な病院などの施設に相談し、ひとりで解決しようとは思わないことです。すべてを胸の奥にしまっていないで、親しい人たちや夫に頼ってください。毎日がほどなくもとのリズムを取り戻すでしょう。まず仕事、次に家の管理、カップルの関係、友人たちとの関係と、小さな一歩一歩を進めていきましょう。むずかしいかもしれないけれど、つねに前向きに生きてください。

彼には話したいことが山ほどあった。わたしが彼の話に耳を貸さず、彼の沈黙にも無頓着だった一日一日に、話したいことがひとつはあった。

彼はロンドンへ行って役所で証明書に記入したときのことを語った。生まれた日と死んだ日がどちらもクリスマスイブの日で、「死産《スティルバース》」という言葉が遣われていた。実際は前の日に死んでいたけれど、イギリスの法律では、わたしのなかにいるあいだは、独立した人間としては存在しなかった。ピエトロの苦しみが始まったのは、その役所にいるときだった。その書類にロレンツォの名前がはっきり書かれ、その横に名字が書かれるのを見たときだった。彼が父親になったことを実感したのはそのときだった。

ピエトロは話し続けてやまなかった。すべてを話さなければ納まらなかった。二月の末に葬儀のためにふたたびロンドンに行ったときの、その二日間はけっして忘れられないと彼は言った。

街の様子は一変していて、新しいカラーをまとっていた。いろんなものの色あいが変わってしまって、二度と以前のようには戻れなさそうだった。ウェスト・ノーウッドのこぢんまりした礼拝堂で埋葬を待っている胎児は、ロレンツォだけではなかった。ほかの七人の名前は「ベビー」になっていて、家族の名字が書かれていた。そこにいた親はピエトロひとりだった。彼は小さな白い棺を祭壇まで運び、火葬炉のところに行くまで我が身から離さなかった。それから彼は、年を経た墓地の静寂のなかを歩きながら、一本の糸杉に寄りかかって泣いた。これ見よがしのわたしの悲嘆から遠く離れたその場所で、初めて涙にくれることができた。

ピエトロはある朝家を出る前に、ロレンツォの顔つきを語った。彼はわたしに似ていたと。青白い手を指でしっかり握ったとき、あの日病院で、それが最後になるなんて信じることができなかったと。

ロレンツォはいつも頭にあったわけでも、鮮明な思い出でもなかったけれど、それでもいつもわたしたちとともにいた。些細なものごとのなかにいて、とりわけ、心に深く刻まれたことのなかにいた。ふたりが争っては仲直りするときにはいつもいた。出会う子どもたちで、同じ年ごろと思われる子の、ひとりひとりの目のなかにもいた。ときにはあまりにもリアルで手が届きそうで、彼のいない世界を考えていた時期もあったなんて、あり得ないことのように思われた。

ある日わたしはピエトロに言った。「あの子を引き取りに、ロンドンに行かない？」すると彼は目を涙で曇らせながらほほえんだ。いつかはわたしがそう言いだすと思っていたみたいだった。

わたしは小さな船を借りて、ロレンツォの灰を撒《ま》くのに適したところまで連れていきたかった。彼が自由に風のなかを舞い、それから波に揺れるのを見たかった。

「ひとつ条件があるんだ」

わたしは興味津津で首を傾《かし》げた。

「小島で一休みしよう」とピエトロは言った。「どこかに小さな教会がある島で。そこの誰かふたりに証人になってもらって、太陽の下で、きみが好むようにこれといった飾りもないところで、ぼくの妻になってほしいんだ」

彼はわたしを抱き寄せた。彼の抱擁は政治犯を救いだした人の抱擁みたいだった。長年を経た後、ふたたび幸福を手にしたとき、人が感じるのはこういう気持ちなのだとわたしは思った。

今のわたしは何をしたいかを知っている。足に力があり、肺に空気があるかぎり、手に手をとって彼とふたりで歩いていきたい。彼が前でわたしが後ろで、なぜって彼についていくのが好きだから。群れのボスの後ろに列を作る動物のように。ゾウや、ラクダや、ペンギンのように。群れのみんなは旅の目的地を知っているけれど、それでも後についていく。たぶんひとりだと感じたくないから。さもなかったら、迷子になる危険を避けるために。

ためらいもなく、子どももなく、わたしたちにはふたりで十分。なぜってわたしたちの空っぽの巣のまわりには、まだ探険することがいっぱいあるのだから。赦しがたいことに、そんなに長かった一瞬のあいだ、わたしたちはそのことを忘れていたのだ。

ファーラム《ピンクスペース・コム》9月10日11時12分

朝の光《ルーチェ》

今日のわたしはもう皆さんを、深淵の縁から見るような目で見てはいません。今までのわたしは、コンピューターの上で手が麻痺し、自分のことを知ってもらうための言葉を、皆さんに届けることもできないでいました。皆さんはわたしを、中絶、流産、治療的中絶といった言葉が詰まった、無視され忘れられたこの小さな世界に迎え入れて、皆さんの痛みを伝えてくれ、土曜日の夜をどう過ごしているかとか、日曜日の午後に放映される映画とか、皆さんの日常を具体的に知らせてもくれました。今のわたしにはとうとう皆さんが見えてきて、ついに皆さんの素顔を知ったような気がしています。いろんなハンドルネームやおかしなニックネームの背後に、皆さんの涙や不安や希望が透けて見えます。それから羞恥心も。ここへ戻るまでに長い時間が経っているのに、ずっとここにいたみたいな気がしています。水槽に頭を浸していたみたいに。でもわたしは呼吸を停止していたわけではありません。今のわたしにはもう、自分の言葉が沈黙や騒ぎを湧き起こすのではないかといった不安はありません。わたしはこれまでしていたように呼吸し、わたしたちを包む原初的な羊水のなかで呼吸しています。目には見えないけれど厚すぎて割ることのできないガラスの壁が、わたしたちを世間と隔てていても。

フランシス・スコット・フィッツジェラルドは晩年に書いています、「わたしはしてきたことのすべてであり、書いてきたことのすべてである」と。わたしもまた、創作力はあまりないし、フィッツジェラルドのような天才でもないけれど、書くことを職業にする人の世界に属しています。そのわたしが、いったいどれだけ多くの人びとの人生に踏み込んで、意見を言葉にしてきたことでしょう。ある雑誌でわたしが担当していた読者のコラムは、たくさんのドアがせいせいとあけ広げられた部屋でした。そこにわたしは、厚かましいのに、待ち望まれたお客みたいな顔をして、ずけずけと入っていたのです。わたしは物語の登場人物ならぬ多くの人びとを批評し、手荒に扱い、愚弄し、傷つけてきました。でも実際には、わたしは何を知っていたでしょう。五十歳で母親になりたい人や、人工受精や、その翌日の不快感や、生まれなかったダウン症の子どもたちについて。またこの世に生まれたのに、車に通行を妨げられて道を渡ることもできない子どもたちについて。自分が死んだ後はいったい誰がいるだろう、誰がこの子を守ってくれるだろうかという、胸を締めつける思いを抱いて眠る親たちについて。わたしのなかで呼吸をやめた生命について、わたしは何を知っていたでしょう。

わたしはまたこの部屋に入ることにしたけれど、今度は足音を忍ばせて入っています。今では自由に動くようになったわたしの指は、近ごろなかったほど軽快にキーボードの上を走り、今回は皆さんに、わたしについて伝えます。まだ手つかずの息子の部屋や、そのドアをふたたびあけて、まだ誰も手を触れていない、値札がついたままの、彼のものを動かしたときに覚えた不安について。あのころの日々は、怒りと罪の意識のあいだを揺れ動くシーソーのようでした。わたしは自問していました。彼をこの世に生みだすのではなく闇に呑み込ませてしまうことを知りながら、その彼を心から望み、自分のなかで育てることなど、本当にできるのだろうかと。それはわたしには不可能でした。

わたしは彼の視線を身のまわりに感じていました。わたしが和解することができたのは、生命より先に、そのまなざしとだったのです。なぜならただひとつの言葉、なぜ？という言葉を繰り返すのに、彼が話し方を学ぶ必要はないと、そう確信できたからです。そして答えはなくても、彼はいつでもわたしを見つけてくれるだろうと。

ロレンツォのことは、初めての重大な選択でした。この選択はわたしを深いところから変えてしまったけれど、その選択を否定しようとは思いません。それよりむしろ、そのことを書いて世間に知らせなければと思っています。わたしたちの上に目には見えないけれど広がっている沈黙のヴェールを剝がし、自分を鏡に映して、罪の意識を払拭しなければと。わたしたち女性はイヴとかメデイアとかアンティゴネーとして描かれながら、何千年にもわたって罪の意識を背負ってきました。でも母性に生来備わった神秘と、女性たちの選択の究極の深い意味を知っているのは、わたしたちだけなのです。世間に知らせるには、新しい文章を書いて、水がセメントを浸食するように、わたしの内部をゆっくり掘り下げ、それと同時に、わたしを光にも当てて、これまでは何かを真に書いてきたとは言えないという気持ちを呼び起こさなければと思っています。

今わたしには用意ができています。人生への覚悟ができています。もうシーツにくるまって頭を下にし、足をベッドの枕もとの板に乗せたままじっとしているようなことはしません。まるで自分の権利のようにしてそんなことをすることはもうありません。ただ単純に、人生を生きます。いつか子どもを宿し、新たな命を生みだすことができるだろうかなんて考えずに、充実した、予測のできない、わたしの人生を生きます。強いけれど苦難にも遭ってきた植物を扱うようにして、わたしの人生の世話をします。芽が出たとき、実を結ぶ種類かどうかがわからなくても。

最近わたしは、息子の部屋にたびたび入るようになりました。そこは今では書斎になっています。彼のものは全部屋根裏部屋のトランクに移しました。ときどき立ち止まって、コンピューターの載った書き物机や、白いソファや、素焼きの色をした壁を眺めたりします。ここにはもう子どものためのものは一切なく、彼を思い出させるものは何もないけれど、それでもこの部屋はまだ、そしておそらくはいつまでも、ロレンツォの部屋であることに変わりはないでしょう。でもそれもたしかではありません。いつかまた子どもがこの壁に色を塗り、子グマでいっぱいにするかどうかなど、知りようがありません。でも今のわたしには理解できます。この不安定な旅路にはたしかなことなどなくて、わたしたちにできることはただひとつ、背筋をまっすぐにしておけない理由を作らないようにしながら、前へ進むことなのだということが。

わたしたちの原点は母親たちなのです。お乳と優しさのにおいがする、はるかなる時代からの愛撫なのです。

わたしの母には、いくら思い出そうとしてみても母親らしいにおいがなく、少なくともわたしには、母親のにおいを感じとることができません。なぜなら彼女はわたしをこの世に生みだしたときから、抱きしめてくれたことがまったくないからです。それなのに彼女の目は、母親だけが持つ甘さときびしさを湛《たた》えて、つねにわたしを見つめていました。わたしの祖母は現在九十七歳で、かたちをなさない闇のなかに呑み込まれてしまっています。母の母が住んでいるのはそういう場所で、彼女はまるで鞭《むち》ででも打たれたかのように口をゆがめ、生きてもいないし死んでもいない奇妙な目つきで、母にもわたしにも理解できない彼女だけの言葉を遣いながら、わたしの母に話しかけます。息子はわたしの顔を見ることは一度もなかったから、もし生まれてきても、わたしを見分けることさえできなかったかもしれません。わたしの愛撫は彼の息の根を止めた一本の針で、わたしのお乳は別の赤ん坊の泣き声に誘われて出てきて、わたしがそれから一度もつけなかったブラジャーのなかに、むなしく吸い込まれていきました。でも彼はわたしから出発して、わたしのなかに留まっているのです。

わたしたちが出発するのはいつでも母からであり、旅を終えて戻っていくのは、いつだって母のところなのです。

どうしてそうなったのかはわからないけれど、ロレンツォが残した闇しかなかったところに、あるとき少しずつ光が入り始めた。色が蘇り、生き生きした家に戻った。人が住んでいる家に。それはとりわけピエトロのおかげだった。ある日彼は植物をひとつ運んできた。またある日には壁に絵を何枚かかけた。それから別の日には家具をいくつか買い、椅子やクッションとそのほかたくさんの家庭用品や電化製品を買ってきて、わたしに生きていることを実感させようとした。窓辺や食卓には今ではいつも花がある。部屋ごとに色鮮やかなカーテンがかかり、寝室には清潔なシーツがある。ステレオまであって、夜になるとふたりでスイッチを入れる。

その生まれ変わった家に最初に入ったのはピエトロだった。今ではわたしにも、少しずつだけれど、この世の片隅に自分の居場所ができている。

ルーチェ様

9月7日・17巻771号

あなたに手紙を書くのは初めてではありません。あなたはわたしをアグネス55として知っています。わたしは自分の暮らしについて、孤独とか、病院の看護師としての仕事とか、映画や小説のほかにこのコラムの熱烈なファンであることとかを話しました。

打ち明けて言うと、ここしばらくわたしは孤児になったような気分でした。それから先日雑誌の最新号を開いてみると、うれしいことに編集長の言葉があって、ルーチェが戻ってきて三〇ページ目で待っていると書いてありました。

あなたはとうとう帰ってきたのですね。わたしはあなたがどこかとんでもなく遠くて、なかなか戻れないようなところに行っていたような気がします。そのことをわたしは、内気なほど柔らかな、これまでになかったようなあなたの言葉から察しました。冬の太陽のように繊細な言葉遣いから。

わたしが好きなのは、あなたがひとりの読者の言葉を引用して、人生の節々で持つことのある気持ちについて語った言葉です。星からこの世界を眺めたときの気持ちです。落ちるにはあまりにも高すぎるし、下から眺める人には遠すぎて理解できないから、どうすることもできないという気持ちです。

でもみんなが星に住んでしまったら、この地上には誰が残るでしょうか。

あなたが勇気を持ってそこを飛びだし、またここに、わびしいけれどこのうえなく美しいこの地上に、帰ってきてくれたことに感謝しています。

熱心な一読者より

訳者あとがき

出産予定日が二カ月後に迫ったその日、ルーチェとピエトロが超音波検査のために病院に向かったとき、ふたりとも上機嫌だった。ロレンツォは、五年という長い年月、切実な願望に押されて強迫観念にまでなったセックスを重ねた結果、とうとう授かった子どもなのだ。しかしモニターに小さなロレンツォが現れたとき、医者の笑顔がふいに消えた。

その日から、途方もない現実という霧のなかを歩む、若いカップルの苦悩の日々が始まった。ふたりはそれからまもなく、その後の人生を根本的に変えてしまうかもしれない重大な決心を迫られる。先がまったく見えないなかで、いったいどうするべきなのだろうか。ふたりの愛はどこまでおたがいの関係の支えになり得るのだろうか。この作品は、人生でめったに遭遇することのない深刻な状況に置かれたカップルの、絶望から復活までの日々を描いた小説である。そこで語られるのは、いわゆる「出生前診断」に端を発した、人間の現代的苦悩なのだ。

ルーチェとピエトロの第一子であるロレンツォに異常が発見されたのは妊娠二十九週目で、イタリアの法律が定める妊娠中絶のリミットを大幅に超えていた。そこでふたりは中絶法がかなりリベラルな国イギリスに助けを求めた。ヨーロッパでは近年、中絶反対派の影響力が増しているという。その原因は多くの場合、宗教問題にある。イタリアではカトリック教会の力が依然として強く、教会は中絶問題に少子化の問題を巧みに絡ませていると見る向きもある。実際本書でも触れられているように、医師のなかには、カトリック系の《良心的》中絶反対者が増えているらしい。

ルーチェとピエトロは、重い障碍《しょうがい》のあるロレンツォの妊娠中絶を決意した。彼は万一無事に生まれたとしても生存できるのはせいぜい数年で、いわゆる「低身長症」のほかに、聴覚や視覚、神経や言語の発達などに障碍が出るかもしれないということだった。これほどまれな障碍を持つ子どもが中絶をされずに生まれた場合、彼には誰かがすでに引いてくれた道も、手本となる人も、仲間もほとんどなく、その人生はまさに「実験的人生」になることだろう。すべての人のすべての人生は実験的であるにしても、産んだ親にさえ支えることの困難な、まったく未知の人生にならざるを得ない。そんな子どもが自分を異質な存在だと感じる疎外感や孤独感は、底知れないものであるにちがいない。

残念なことに、この世界はほとんどすべてが多数派に都合よくできている。障碍という負の要因でやむなく少数派に属する人びとが暮らすのに、けっして快適な環境とは言えない。だからこそそういう社会は、わたしたちの人間性を問う場にもなる。しかしあいにくわたしたちの持つ人間性は、すべての人びとを仲間として温かく迎え入れるほど良質にできているとは思えない。障碍を持つ人たちが不自由な暮らしを強いられる条件は、過去の時代ほど多くはないとしても、その生きづらさは健常者の想像力をはるかに超えている。

しかしながら、もしそのような子どもたちが愛ある環境で育つなら、そこでの人生が並はずれて深みのあるものになることは、多くの例が物語っている。障碍を持つ子どもたちが親に与える喜びや生きる力の大きさは、障碍が重ければ重いだけ、他人には想像もつかないものであるらしい。育てる苦労が一通りでない分、日々の暮らしのなかにふと感じる達成感や満足感が並はずれて大きいことは、本書のなかのフォーラムに投稿した女性の言葉にも現れている。

一方で、やむなく中絶を選んだ場合、親がその後の長い人生のあいだ抱えるのは、苦悩と、とりわけ悔恨の念になる。たとえふたたび子どもができて、今度は無事に生まれても、その子が産まなかった子どもの代わりになることはむずかしい。そのことは実際本書でも、「生命は交換可能な商品ではない」というルーチェの言葉に如実に現れている。

ルーチェにはまた、大方の日本人にはなじみの薄い苦しみの根源があった。それはキリスト者の罪の意識、旧約聖書の言う「原罪」で、彼女はプロローグの部分ですでに、「わたしのせいなのでしょうか」という言葉を発している。そして第一部と第二部の冒頭には、旧約聖書の一節であるバベルの塔の話が引用されている。人間が神の領域に踏み込もうとした行為に、神が罰として人びとも言語も散らしてしまった（分離あるいは離別の概念）という話である。この引用にスパラコは、生命を故意に絶つ中絶という神の領域の侵害と、その罰としての子どもとの離別を含ませているように思われる。ピエトロの両親の家を訪問した帰り、エレベーターのなかでルーチェがピエトロに問いかけた、「なんの赦しを求めるのか」との言葉に、ピエトロが「人間であることのだよ」と応えるのも、人間であることがすでに罪であるという、「根源的な罪悪感」の現れなのだ。

本書は自分自身の体験をそのまま書いたドキュメンタリーではない、と作者スパラコは言っている。しかし重なる部分はかなりありそうだ。この小説はやむにやまれぬ思いに駆られて書いたと彼女は言っているし、実際彼女はクリスマスの夜に、障碍を持つ子どもを中絶によって亡くしている。その後ふたたび子どもを得たが、その子を、亡くした子の代わりとは、おそらく考えていないだろう。ロレンツォはロレンツォとして、彼女のなかで確固とした位置を占めていると思われる。

主人公のルーチェは中絶の道を選んだが、それにはパートナーであるピエトロの力が大きかった。実際こんなとき、自分の体内に子どもを宿している人に、産むか産まないかの二者択一を迫るほど残酷なことはないと思うし、本人がどちらかにはっきり決心をすることなど、できるはずがないという気がする。ルーチェは苦悶のなかで、ピエトロや医者たちの意見に、結果として自分の判断を委ねてしまった。そのことはルーチェを後々まで深く苦しめることになった。まるで何もかもが、母親を苦しめる原因になっているかのようである。

それにしてもわたしが感じ入ったのは、ピエトロの思いきりのよさだった。自分の体内に子を宿す人とそうでない人の感じ方は、これほど違うものなのかと、改めて考えさせられた。ピエトロの決断の早さは、冷たささえ感じさせるほどだが、ある意味では、ルーチェはそんなピエトロに救われている。心情よりも理性が強くはたらくほうがクールな解決を生み、それが明るい方向へものごとを導くということは少なくない。この作品では、光を意味する「ルーチェ」という主人公の名前が、その方向を暗示している。

本書に出てくる女性たちが、人目につかないネット上のサイトという隠れた場でしか本音を吐露できず、そこでヴァーチャルなコミュニティーまで作り上げているという現実は、イタリア社会に特有の現象であるとは思えない。事実そのようなサイトが日本にもいくつかあることを知り、そのなかのひとつに、ロレンツォと瓜ふたつの症状に、まさにルーチェのように苦悩する一女性からの投稿を見つけて、わたしは真底驚いた。その投稿にも、夫の冷静さに救われたことや、耐えがたい苦しみが夫には通じないもどかしさが明かされていた。わたしはこのような状況に置かれた女性たちの底知れない孤立感に共感しながら、夫やパートナーの不安や恐怖や孤立感をも考えないではいられない。彼は少なくともひとりの支えはあるだろう女性と違って、自分の力の及ばないほどの難問を前にしながら、途方に暮れるしかないかもしれないのだ。ピエトロも、どこまでもルーチェを支えようとしながら、彼女の苦悩の深さに当惑し、ただ傍観することしかできない苦しい時期を、辛うじて切り抜けている。

本書は今年の一月にイタリアで発売されると、たちまちフィクション部門のベストテンに入り、ブログは白熱し、衆目を集めた。その後、イタリア最高の文学賞であるストレーガ賞の最終候補に入っただけでなく、ローマ賞という、外国人にも門戸を開いたローマ市後援の文学賞も受賞した。そのため世間の関心はいっそう高まり、販売部数は十万部を超えている。妊娠中絶を声高に話すことは、カトリック教国イタリアでは日本以上に一種のタブーになっている。そんなテーマに果敢に挑んだ作者の勇気は、イタリア社会にひとつの風穴を開けることになっただろう。

わたしは本書がイタリアで出版されてまもなく読み、ぜひ訳したいと思った。しかし訳し始めてみると、多くの医学的記述の翻訳に、専門家の知識が必要であることがわかった。幸いなことに、東北大学大学院医学系研究科の室月淳教授にサポートをお願いすることができた。本書が無事に出版されるまでには、紀伊國屋書店出版部の有馬由起子さんと室月淳先生を始めとする、多くの方々の貴重なご努力の積み重ねがあった。ここで深く感謝を申し上げたい。

二〇一三年九月

泉　典子

解説

宮城県立こども病院産科・東北大学大学院胎児医学分野　室月 淳

愛するパートナーとのあいだに五年目にしてようやく子どもをさずかり、その子にロレンツォという名前までつけて幸せの絶頂であった主人公の「わたし」が、妊娠二十九週に受診したクリニックの超音波診断で子どもに異常がみつかって告知をうける場面からこの小説ははじまります。「わたし」と夫のピエトロはおおきな衝撃をうけ、当惑と絶望を感じ、べつの専門家に救いを求めてまた絶望におちいり、悩みぬいた結果、異国であるイギリスまで渡って人工妊娠中絶をうけることを選択しました。作者の個人的な体験が投影されているというこの小説では、その一連の事実と心理過程が具体的に、そして詳細に語られます。

小説としてさらに衝撃的なのは、妊娠二十九週における人工妊娠中絶の準備と処置が克明に描出されていることです。具体的には薬剤の直接投与による胎児安楽死(fetocide)、陣痛誘発のための腟坐薬挿入、陣痛の発来《はつらい》と激痛、人工破膜による破水、硬膜外《こうまくがい》麻酔による鎮痛、そして狂乱状態での児《こ》の娩出《べんしゅつ》で人工死産はおわります。産科医療関係者はともかく一般のひとたちにとってはかなりショッキングな内容だろうと思います。おなかの赤ちゃんが死ぬ瞬間は、経験者でなければとても書きようがない以下のような痛切な表現によって読者の戦慄《せんりつ》とかなしみを誘います。

「最後の小さな一蹴り。……ついうっかりしたような、小さめの一蹴り。その後は、何もない」

　パートナーのピエトロのおもいやりや献身的なケアなどにもかかわらず、中絶後の主人公の精神的混乱と孤独感、怒りと無感動、罪悪感からくる抑うつ状態は長期にわたります。あれほど愛していたピエトロすらうとましく心理的な距離感を感じる時期もありましたが、この苦痛に満ちた体験をとおして最終的には勇気をもって現実をうけいれ、ピエトロとも和解し新しい人生をはじめようとするところで小説はおわります。そこまでには半年以上の時間が必要でした。

　いみじくも著者が小説中に書いているとおり、胎児になんらかの異常がみつかって人工妊娠中絶をえらんだ女性のこのような経験や心情というものは、これまで決して社会の表にでてくることはありませんでした。最近では同じような経験をもったひとたちのセルフヘルプグループやその掲示板などでそういった思いに触れる機会もでてきましたが、少なくとも日本では同じような体験をした人間はかなりの数にのぼるにもかかわらず、こういった本が存在したことは今までありませんでした。その意味でもとても重要な意味をもつ小説だと思います。

出生前診断と選択的人工妊娠中絶については、じゅうぶんな情報提供とカウンセリングがおこなわれたうえでの自己選択、自己決定にゆだねることが生命倫理学における世界的コンセンサスになっています。しかし実は欧米でも日本でも共通して見逃されている問題があります。それは妊娠中期における人工妊娠中絶のつらさ、悲惨さ、その非人間性についてです。あるいはみんなが意図的に目をつぶっているのかもしれないこの問題について、この小説はあえて真正面からテーマとしてとりあげていきます。

日本においてももちろんですが、自己決定を重視し尊重する欧米ですら、出生前検査を受けたときにその結果が異常かもしれないことを、だいたいだれも想定していません。ですから胎児疾患の存在を告知されたときのショックは尋常ではないのです。告知のあとにどのような苦しみや葛藤をへて自己決定をおこなうか、自己決定のあとにどのような心理的経過をたどっていくか、これまで多くの人が経験しながらだれも語ることのなかったテーマだったのです。

人工死産後の「わたし」のながく苦しい精神的な悲嘆と葛藤、さらに正反対の無感動と抑うつといった状態は、たとえば親しい人間をうしなったときにもみとめられるものであり、決して病的なものではないと考えられます。しかし体調や情緒の不安定な産褥《さんじょく》期《き》特有の心理状態や、自己決定だからこそ背負わなければならない子どもへの罪悪感、愛と幸福の予感があったからこそのおおきな喪失感と悲嘆など、中絶後に特有と考えられる心理過程が克明に描かれていることは、産科医療にたずさわり、しばしば死産後のケアをおこなうものとしてほんとうに貴重な記録だと感じました。

胎児疾患を理由とした選択的人工妊娠中絶についての女性の経験や痛切なおもいというものは世界共通でしょうが、一方でまた、イタリア人である主人公と日本人の感覚や意識のちがい、文化の差をところどころに感じて興味をおぼえました。さらにイタリアとイギリス、それから日本の医療の違い、特に妊娠中絶に関する法律や社会制度の違いも存在します。人工妊娠中絶が可能なのは、日本では妊娠二十二週未満、イタリアでは妊娠二十四週未満と定められています。一方イギリスでは厳しい要件があるとはいえ、母体のためであれば妊娠中はいつでも中絶可能となっています。だからこそ「わたし」とピエトロはイギリスまで行ったのです。

こういった国々では、胎児に重い異常があるときは、妊娠十カ月にはいっていても人工妊娠中絶がみとめられる場合もあります。しかしたとえばふつうならば元気に生まれてくる妊娠十カ月における人工妊娠中絶とはなにを意味するか？　胎児が生きて生まれてくるときは、どんな国でもそれを殺すことは許されません。すなわちその場合、胎児が生まれてくる前に子宮内で安楽死させ、そのあとに分娩を誘発して死産させることが中絶なのです。そのために安楽死のための薬剤を妊婦のおなかをとおして胎児に投与することが、「子宮内注射」、「心腔内注射《しんくうない》」とよばれるものです。

主人公の胎児が骨系統疾患（骨格異形成症）であるのは明らかでしたが、わたしが読んだかぎりにおいては具体的疾患名ははっきりしませんでした。胸郭低形成であること、出生直後に呼吸不全で亡くなる場合から長期生存にいたるまでいろいろな予後があることから、「短肋骨異形成症《たんろっこつ》ファミリー」のいずれかの疾患が疑われます。小説中にでてきた「呼吸不全性胸郭異形成症」や「軟骨外胚葉性異形成症」はどちらもこのファミリーに属する疾患です。「あてはまらない特徴をもつ」と書いてあるのはおそらく多指趾《たしし》のことを指すのかもしれませんが、多指趾がない場合も結構あるのでこれらの疾患も否定できません。いずれにしろすべて憶測であり、これ以上の同定は難しそうです。

もうひとつわたしの興味をひいたのは小説中にでてくる代替医療、すなわち現代医療とはまったく考えかたを異にした、いわゆる「エビデンスの存在しない」医療についてでした。具体的には、「ホメオパシー」、「オステオパシー」、「鍼灸《しんきゅう》」、「レイキ」といった代替医療をあつかう治療師が何人か小説中に登場してきます。この小説はときに出生前診断が否が応でももたらす妊婦の苦悩をテーマにしています。現代医学がもついわば「原罪」がモチーフであり、それと対照するかたちで現代医学とはまったく異質の「代替医療」をわざととりあげたのだろうと思います。小説中に「わたしは科学に裏切られ、ひとりぼっちにされた」という表現もでてきます。しかしこれらの「代替医療」も主人公を結局救うことはできませんでした。現代医学そのものを否定してもなんの解決にもならないというメッセージだろうと思いました。

二〇一三年四月より日本でも母体採血による胎児染色体検査、いわゆる「新型出生前検査」が開始されました。出生前検査を個人の自己決定にゆだねる一方で検査を医療助成の対象とするアメリカや、出生前検査を市場原理から切りはなし社会的、医療経済的な視点から導入しようとしているヨーロッパにくらべ、日本では出生前診断、選択的人工妊娠中絶といったたいせつな問題についての真正面からの議論がこれまで避けられてきています。日本の法律である「母体保護法」には人工妊娠中絶の要件として「胎児異常」という直接の文言がないため、経済条項を拡大解釈して対処しているのは周知のとおりです。この解釈には異論もあり、刑法の堕胎罪《だたいざい》に抵触する可能性も指摘されているため、長年にわたって公に議論されることがほとんどなく、対応は医療現場における個々の医師の判断にゆだねられてきました。医療者同士が議論する機会すら多くありませんでした。社会的な議論を回避してきたため、今なお国民的な意見形成もなされないままとなっています。これまでどおり医療現場の裁量にまかせたままであれば、障碍《しょうがい》者福祉の拡充もないまま、新型出生前診断が導入された結果出生前検査の件数が増えていくだけになります。今こそ国民的なコンセンサスをつくり、その成果を法律またはこれに代わるガイドラインに結びつける必要があるでしょう。そのためにもこの小説をみんなに勧めたいと思います。

この小説がとりあげているのは重く、悲しく、つらいテーマです。どんなに言いつくろったとしても、人工妊娠中絶は「殺人」にほかなりません。人工中絶が「殺人」であるのは、妊娠初期ではそれは象徴的な形で、妊娠中期ではこの小説のなかのように明瞭かつひそやかな形で顕在化しています。多くのひとはいろいろな意味においてそれはしかたがないこと、ときには必要なことと考えています。わたしもそう思います。もちろんまちがいなくそれはひとが自分の都合しか考えていない「エゴ」です。児の立場からすれば、障碍をかかえて生まれてきたとしても、たとえその生命がわずかであったとしても、家族に見守られて生涯をまっとうするのが本望でしょう。医療は本来そのような思いをかなえるためにあるべきだったはずです。

しかしどんなに医学が発達し、文化が生活を変え、ひとびとの考えかたを変えても、ひとは一個の動物にすぎず、動物としてのエゴや欲望というものは残って、その矛盾に苦しみつづけることになります。わたしたちができるのはこういったエゴイズムを否定することではなく、こういった矛盾を矛盾のままにうけとめて、それをひととひととの未来のための協調に変えていくことだけです。そういった人びとへのあたたかいまなざしこそが、われわれのもつべきものと願っています。

最後にこのように文学的にも社会的にもとても意義のある小説でありながら、ときに医学の専門にわたる内容をわかりやすい日本語におきかえて邦訳してくださった泉典子さんと、いろいろとむずかしい問題をはらむテーマの小説を、出版というかたちでひろく世に紹介してくださった紀伊國屋書店出版部の有馬由起子さんの労にたいして、出生前診断を専門とするものとしてこころより感謝し、お礼をもうしあげたいと思います。

著者紹介

シモーナ・スパラコ

ローマ生まれの作家・脚本家。

イギリスの大学でコミュニケーション学を修めたあと、
文学への情熱に駆られてイタリアへ戻り、文学部の映画部門に入学。

その後トリノのホールデンスクールのマスターコースなど、いくつかの創作コースに通った。

本書は、二〇一三年ローマ賞を受賞し、イタリア最高の文学賞であるストレーガ賞の最終候補になった。

著書に、"Lovebook"(Newton Compton, 2010)などがある。

訳者紹介

泉 典子《いずみ・のりこ》

イタリア語翻訳家。東京外国語大学大学院修士課程修了。
訳書に、スザンナ・タマーロ『心のおもむくままに』(草思社)、
フランチェスコ・アルベローニ『エロティシズム』、
エンマ・ラ・スピーナ『千の沈黙の声——わたしは施設という名の地獄で育った』(以上、中央公論新社)、
マッテオ・モッテルリーニ『経済は感情で動く——はじめての行動経済学』(紀伊國屋書店)ほか多数。

解説者紹介

室月 淳《むろつき・じゅん》

宮城県立こども病院産科部長・東北大学大学院医学系研究科胎児医学分野教授。

日本産科婦人科学会代議員、日本周産期・新生児医学会評議員、日本胎児治療学会幹事などを務める。

胎児骨系統疾患フォーラムを主宰。

著書に『骨系統疾患——出生前診断と周産期管理』(共編著、メジカルビュー社)などがある。

誰も知らないわたしたちのこと

二〇一三年一一月二八日　第一刷発行
二〇一四年四月三〇日　第二刷発行

著者　シモーナ・スパラコ
訳者　泉 典子
解説　室月 淳

発行所　株式会社紀伊國屋書店
東京都新宿区新宿三―一七―七
出版部(編集)電話〇三―六九一〇―〇五〇八
ホールセール部(営業)電話〇三―六九一〇―〇五一九
〒一五三―八五〇四 東京都目黒区下目黒三―七―一〇

印刷・製本　図書印刷

ISBN978-4-314-01112-9　C0097 Printed in Japan

定価は外装に表示してあります